KB187332

우와⋯⋯한 어른 생활

우와……한 어른 생활

이현진 지음

스토리텔러

프롤로그

어느 드라마에서 와닿았던 장면이 있다.

한 부부가 이혼을 하기 위해 법정에 섰다. 이혼 사유는 함께 사는 장인의 폭력과 폭언, 무시 때문이었다. 남편은 아내를 사랑하지만 장인어른 때문에 더 이상은 함께 살지 못하겠다고 했다. 남편의 변호인은 이혼을 할 수 있도록 변호했지만 아내의 변호인은 조금 달랐다. 지금 당장 이혼을 하라고 판결을 내리기보다 한 부부가 어른으로서 자신의 삶에 책임질 수 있는 선택을 할 기회를 주셨으면 좋겠다고 변호를 했다.

십 대 때에는 아직 어리다는 이유로 내 삶을 스스로 선택하기보다 이미 정해진 삶에 적응하기 바빴다. 마땅히 해야 할 것들이 정해져 있었던 그때는 어른이 되어 스스로 결정을 내리는 게 우아하고 멋있어 보였다. 얼른 어른이 되고 싶을 만큼. 진짜 어른이 되어 버린 지금은 어떨까. 나를 가장 괴롭게 하는 건 바로 '결정'이다. 어른 생활이 깊어질수록 선택 항목이 세분화되고 늘어나 선택하기를 미루거나 결정하기를 기피하기도 한다. 하지만 결국 결정을 해야만 하고 그것에 책임을 지는 게, 심지어는 그것을 반복하는 게 어른 생활의 전부라 해도 어색하지 않다.

수많은 선택을 해야만 하고 그것이 좋은 선택이 되도록 책임지는 게 어른 생활의 기본기라면 앞서 언급한 드라마의 한 장면이 감동적이지 않을 수 없다. 나는 아내를 변호한 변호사가 진짜 어른처럼 느껴졌다. 변호인이라면 해야 할 '일'보다도 먼저 한 인간이자 어른의 소신으로 누군가를 가장 따뜻하게 변호했기 때문이다.

우리나라에서는 자기 자신에 대해 먼저 생각하는 문화가 아직도 서투르다. 개인주의라는 단어에 이

기주의부터 떠올리고, 나만 생각하자는 말에 집단생활을 들먹인다. 그런 주위의 시선 때문에 자기 삶의 중요한 결정을 할 때에도 철저히 자기 자신을 중심에 두고 하기보다, 부모님 말이나 자신을 생각해 준다는 누군가의 참견에 쉽게 흔들린다. 인생을 건 도박이라 일컬어지는 결혼조차도 당사자인 두 사람만을 위해 결정되지 않으니까.

서양에서는 어릴 때부터 토론하는 문화에 노출되고, 철학을 배우지만 우리는 아니다. 정작 자기 자신에 대해서 깊이 생각할 줄 모른다. 되짚어 보면 나도 어릴 때 제일 많이 들은 소리가 "남들이 뭐라고 생각하겠어"였다. 때문에 나이만 어른이지 자신을 온전히 책임지는 진짜 어른이 되지 못한 사람이 참 많은 것 같다. 정작 내가 자신부터 책임질 줄 아는 어른인가 하고 스스로에게 질문하면 마땅한 대답을 떠올리기가 힘들다. 다만 어떤 대답을 해야 할까 치열하게 고민한다. 어른으로서 내 인생에 책임지는 건 어떤 건지, 우아할 줄만 알았던 어른 생활이 우와⋯⋯하다는 걸 안 이상 어떻게 대처해야 하는지 말이다.

　내 인생을 책임질 유일한 나를 가장 먼저 생각하자는 말이 어째서 타인을 무시한 채 나만 생각하자는 말로 비춰지는지 모르겠지만 자신을 가장 먼저 생각하는 일이 당연시되었으면 좋겠다.

　'어른스러움'에 대해 한 번쯤 고민해 본 사람들, 이제 어른이 되기를 기다리는 사람들이 이 책을 읽고 자신의 삶에 가장 중요한 사람이 누구이고, 왜 자기 자신에게 가장 친절해야 하는지 생각해 볼 수 있으면 더할 나위 없겠다. '좋은 어른은 못 돼도 나쁜 어른은 되지 말아야지' 하고 생각하는 사람이 조금씩 늘어난다면 지금보다 세상이 더 냉담해지지는 않겠지 하는 마음을 담아 한 편 한 편 글을 썼다.

　늘 생각하는 것이 있다. '따뜻한 것만이 최고' 이며 따뜻한 진심이 당신에게 닿기를 바라며.

차례

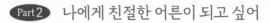

Part 2 나에게 친절한 어른이 되고 싶어

Part3 피곤에 지지 말자, 어른

우리는 언제 어른이 되는 걸까

Part 1.

우와……한 어른 생활

내가 했던 잘못된 선택들은 나만의 길을 찾기 위한 나침반이 되어
줬고, 나를 흔들었던 수많은 말은 내가 진짜 들어야 할 말을 가려낼
수 있는 훌륭한 깔때기가 되어 주었다.

어른이 되면 근사할 줄 알았다. 누구나 한 번쯤 꿈꿔 보지 않는가. 나만의 공간, 옥상 파티, 멋진 결혼식, 전문성을 갖춘 직업의 내 근사한 미래를. 어른으로서 누릴 수 있는 근사한 것들만 생각하며 하루 빨리 어른이 되길 바랐다.

그러나 막상 어른이 되고 보니 어른 생활은 정말이지 멘붕 그 자체다. 나이를 먹을수록 점점 더 혼돈의 어른 생활 속으로 빠져든다. 어른 생활을 하며 어릴 때 그렇게 좋아했던 롤러코스터를 더 이상 타지 않는 건 아마도 타고 싶지 않은 현실의 롤러코스터를 버텨 내느라 수시로 멀미가 나서는 아닐까?

우아한 어른 생활을 꿈꿨던 스무 살, 진짜 어른이 되길 바랐던 서른 살, 우아하긴 커녕 '우와……'하게 된 마흔이 되기까지 나의, 어쩌면 우리 모두의 어른 생활은 녹록지 않다. 깜짝깜짝 놀라곤 한다. 이 나이 먹도록 아직도 어제 다르고 오늘 다른 기분에 흔들리고, 듣고 들어 닳아빠진 누군가의 한마디에 또다시 휘둘리고 마는 나 자신과 주변 사람들에게.

　나이를 먹고 함께 사회생활을 하게 된 후배들에게 부끄러울 때가 많다. 선배, 누나, 과장님 같은 호칭으로 나를 부르는 열 살도 더 어린 그들에게 때로는 말 한마디 섣불리 할 수 없다. 그렇다고 "다들 그렇게 살아"라거나 "인생이 원래 그런 거야"라는 말을 하기는 싫었다. 다들 그렇게 사는지 어떤지, 인생이 원래 그런 건지 나도 아직 잘 모르겠으니까.

　나이만 먹는다고 어른이 되는 것도 아닌데 어른인 척 앉아서 호기심 어린 눈으로 세상에 대한 질문을 던지는 아이들에게도 뭐라고 말해야 할지 몰라 난감할 때가 많다. 그저 때가 되면 그리 근사하지 않은 어른 생활을 조금 이해하게 될 거라고, 되어 봐야만 알 수 있는 것들이 있다고 속마음으로 말할 뿐이다. 어제의 걱정이 사라지면 오늘의 걱정이 생기고 고민거리가 없을 때는 이 평온함이 얼마나 오래 유지될지 다시 걱정하는 지속적 불안 상태가 어른 생활의 대부분이라고 어떻게 말할 수 있을까.

어른이 되면 연차휴가를 내고 찾아갈 단골집 하나쯤은 있을 줄 알았다. 드라마에서처럼 멋진 싱글 친구들이 나의 사건 사고에 발벗고 달려올 줄 알았다. 밥 같이 먹을 사람, 함께 여행 갈 사람 몇 명은 당연히 있을 줄 알았다. 독립해서 혼자 사는 것, 운전하는 것, 결혼하는 것쯤은 모든 인생의 기본값인 줄 알았다.

남들 다 하고 사니까 나에게도 당연할 줄 알았던 그 기본값들은 아직도 나의 기본값이 되지 못했다. 기본값도 하지 못한 채 혼자 세상의 중심에 서서 모든 이들이 기본값을 하고 사는 걸 외로이 지켜보는 기분이다. 나를 제외한 모든 것들이 계절 바뀌듯 변해가는 모습을 우두커니 지켜보는 느낌 말이다. 어쩌면 각자의 삶을 살면 된다고 아무리 마음을 다잡아도 점점 더, 자주 외로워지는 게 현실 세계 어른 생활의 기본값이 아닐까.

우아할 줄 알았던 내 어른 생활이 '우와……'의 연속이란 걸 알게 되고, 고민이란 해결되는 게 아니라 더 큰 고민으로 잊혀지는 것이라는 걸 반복 학습한 이후 본격적으로 우와……한 어른 생활이 시작되었다. 어른 생활이 '우아'가 아니라 '우와'라는 걸 알 때쯤 구두에서 내려왔고, 더 많은 관계를 바라기보다 내 옆에 남아 있는 사람들을 자세히 보기 시작했다. 남들이 말하는 기준에 사정없이 흔들리고, 다른 사람들이 가는 잘못된 길로 들어섰다 돌아오기도 하면서 내가 원하는 것과 내가 가야 할 나만의 길이 보이기 시작했다. 나를 흔들었던 수많은 말이 사실 내 인생에는 그리 도움이 되지 않는다는 걸 수만 번 흔들려 보고서야 알게 된 것이다. 내가 했던 잘못된 선택들은 나만의 길을 찾기 위한 나침반이 되어 줬고, 나를 흔들었던 수많은 말은 내가 진짜 들어야 할 말을 가려낼 수 있는 훌륭한 깔때기가 되어 주었다.

내가 상상한 우아한 어른 생활과는 다른 우와

……한 어른 생활을 살게 된 지금, 때때로 외롭고 종종 후회된다. 그러나 외로워진 만큼 생겨난 마음의 공백은 뜨겁고 바쁘게 사느라 지나쳐 오기만 했던 사람과 풍경을 천천히 바라볼 수 있게 해 준다. 언제나 나를 따라다니는 후회들은 지금 이 순간의 사소한 즐거운 것들을 놓치지 말라고, 그것만이 후회를 줄여 줄 유일한 희망이라고 말해 준다.

동그란 모양의 지구본을 한쪽에서만 보면 반대편이 보이지 않듯 외롭고 불안한 어른 생활에만 집중하다 보면 우리의 어른 생활은 너무 혹독하다. 어른 생활이 무르익을 무렵 우리의 둥근 일상을 천천히 돌려 보면 '우와……'한 어른 생활도 꽤 우아하고 근사한 것이 되지 않을까? 우아하진 않아도 '우와……'한 우리의 둥근 어른 생활을 응원하고 또 응원한다.

나를 수집하는 중입니다

사람들은 모두 조금씩 상처받고 조금씩 마음에 앙금을 남기면서 살아간다. 나는 왜 그 간단한 진실을 외면하고 사람들의 쿨한 척에 만 속아서 매번 내 자신을 괴롭히는 걸까.

우와……한 어른 생활

　　내 글이 누군가에게 어떻게 보일까 전전긍긍하는 것은 '회사에서 내가 언제든 잘리지 않을까' 걱정하는 것과 같은 기분이다. 초조해하다 보면 내가 가진 좋은 것들보다 부족하고 못난 것에 포커스를 맞추어 생각하게 된다.

　　초조함에 사람들의 피드백을 모두 귀담아들으려고 했더니 그 말들이 가라앉아 마음이 점점 무거워진다. 무거운 마음은 내가 원하는 결과로 가는 길을 방해한다. 사람들의 말을 귀담아듣기 시작한 이후 글을 쓰기가 어려워졌다.

　　내 책을 읽은 이로부터 "솔직히 아는 사람 책이라서 읽었지, 그냥 책이라면 돈 주고는 안 샀을 것 같아"라는 말을 들은 적이 있다. 친한 지인의 솔직한 의견이었지만 대화가 끝나고 며칠이 지나도 그 말이 곱씹어지는 걸 보면 아마도 나는 쿨한 척을 했던 것 같다. 나를 향한 잣대 없는 부정문 앞에서도 쿨한 사람처럼 보이고 싶었다. 누가 뭐라든 상처받지 않고, 누가 미움을 표현하든 신경 쓰지 않는 프로다운 모습으로 보여지고 싶었다. 《싹싹하진 않아도 충분히 잘 하고 있습니다》라는 책을 출간해 놓고도 늘 싹싹해지려 노력했달까.

　　사람들은 모두 조금씩 상처받고 조금씩 마음에 앙금을 남기면서 살아간다. 나는 왜 그 간단한 진실을 외면하고 사람들의 쿨한 척에만 속아서 매번 내 자신을 괴롭히는 걸까.

　　내 책이 조금 부족하고, 누군가의 눈에는 고쳐 주고 싶은 부분이 많다 해도 분명 나라서 할 수 있었던 이야기고, 나였기에 쓸 수 있었던 글들이다. 그렇게 생각해 보면 내가 아닌 그 누구도 내 노력의 결과물에 대해 평가할 수 없다. 여러 곳에 흩어져 있는 내 자신을 수집하며 글을 쓰는 건 나라서 할 수 있는 거니까.

　　이제부터는 내가 말하고 싶은 대로 나를 소개하려고 한다. 회사원이었다가 때로는 작가로, 때로는 캘리그래피 작가로 소개할 수 있는 나를 자랑스러워하겠다. '겸손이 미덕'이라는 낡은 프레임에서 벗어나 나부터 나 자신을 작가라고 인정해 주고 불러 주기로 했다.

겉으론 닳고 닳은 어른이지만 계속해서 자신에 대해 조금씩 깨닫고 알아 가는 게 신기하다. 아직도 내가 모르는 내가 많다는 게, 새로운 상황에서 또 다른 나를 알아 갈 수 있다는 게 좋다.

나는 아직도 나를 수집하고 있다. 나를 수집하는 데 가장 큰 역할을 하는 것은 결국 '글'이다. 먹는 것에도 내가 있고, 입는 옷에도 쓰는 물건에도 내가 있다. 그 모든 것에 있는 나를 글로 쓰며 나를 수집하는 중이다.

오늘도 실수만 한 나에게

오늘 실수만 한 나를 탓하는 것을 그만두고 오히려 칭찬해 주기로 했다. 매일매일 실수하는 건 아니니까 오늘 하루쯤은 괜찮다고, 그래도 된다고. 실수하는 나를 또 하나의 나로 인정해 주기로 했다.

일을 하며 실수를 많이 한 날이었다. 때문에 이미 여러 번 수정한 파일을 다시 확인해 달라고 말하는 게 부끄럽고 미안했다. 언제나 일 하나는 실수 없이 잘하고 똑 부러진다고 큰소리치는 나라서, 이 분야에 정통했다고 자부하는 나라서 부끄러웠다.

나도 모르게 계속 변명을 궁리했다. 결국 내 실수란 걸 알면서도 계속 핑계를 대고 싶었다. 굳이 이유를 찾자면 다른 사람 탓도 있을 테니까. 이 실수를 내 잘못으로 인정하지 못하고 변명만 찾다가 퇴근하는 길, 영 찜찜했다.

버스를 탔다. 창밖을 보며 오늘 실수만 한 내가 부끄럽다고 생각했다. 어떤 책에서 나의 가난이 부끄럽다면 타인의 가난도 부끄럽게 생각하고 있을 것이란 글을 읽고 뜨끔했던 적이 있다. 그러니 남에 대한 비난을 멈추라고, 그것은 모두 자신에 대한 비난이라고.

회사원 때 나는 실수에 엄격한 편이었다. 같은 실

수를 반복하거나 무신경하고 덜렁대는 사람을 싫어한다. 그 말은 나의 그런 모습을 부끄러워한다는 것이겠지 싶었다. 남의 실수를 인정하지 못한다는 건 나의 실수를 부끄러워하는 것이다. 실수를 잘하는 나는 모든 실수를 책임지고서는 늘 뒤돌아서서 자신을 원망한다.

나는 왜 이렇게 실수가 잦은가, 나는 왜 이것밖에 안 되는 사람인가.

《니체의 말》에 나오는 "첫걸음은 자신에 대한 존경심에서"라는 말처럼 자기 자신을 아끼는 것에서 모든 것은 시작된다. 나를 아끼지 않아 남 또한 아끼지 않았다는 걸 오늘 실수만 한 나를 통해서 배운다.

사람은 아무리 노력하고 애써도 절대 완벽해질 수 없다. 실수한 자신을 원망할 게 아니라 곧바로 그 실수를 책임지고 같은 실수가 반복되지 않도록 노력하는 것 외에 다른 방법은 없다.

퇴근하는 버스 안, 오늘 실수만 한 나를 탓하는 것을 그만두고 오히려 칭찬해 주기로 했다. 매일매일 실수하는 건 아니니까 오늘 하루쯤은 괜찮다고, 그래도 된다고. 실수하는 나를 또 하나의 나로 인정해 주기로 했다.

이제 나를 소개할 때 실수를 자주 하지만 그 실수를 잘 인정하고 수습하는 사람이라고 말해야겠다. 같은 실수가 반복되지 않도록 노력은 하지만 결코 실수하는 자신을 미워하는 사람은 아니라고. 더불어 잦은 실수로 자신을 미워하는 사람을 만나면 똑같이 말해 줘야지.

누구나 하루에도 몇 번의 실수를 하며 살지만 실수한 자신을 미워할지 말지는 각자의 선택이다. 실수만 하는 오늘의 내가 나의 전부는 아니다. 좋은 선택을 하고 주변 사람들에게 좋은 영향을 주는 또 다른 모습도 있는 나니까. 우리의 어른 생활은 때론 실수하고 때론 능수능란한 날들이 반복될 뿐이니까.

내 성실을 무너뜨리는 이평균, 김보통

수많은 평균 씨와 보통 씨 덕분에 멈춰 서고 넘어지면서도 여기까지 온 어른의 삶은 쇼윈도 너머의 잘 정리된 진열대에서 고를 수 있는 기성품이 아니다. 나의 일상은 그야말로 아직 만들어지지 않은 스타일이며 세상에 유일한 평균이고 보통이다.

　　서른이 되던 해, 베를린에서 돌아온 나는 자연스레 다시 회사원이 되었다. 서울에서 회사 생활을 한다는 것에 큰 염증과 분노를 느껴 6년간의 회사 생활을 기꺼이 접고 베를린으로 떠났었다. 내가 벌어먹는 곳을 떠나지 않고는 더 이상 하루도 견딜 수 없겠다는 생각이 든 날부터 떠남을 위한 준비가 일사천리로 진행되었다.

　　사람들은 나이 서른에 다니던 회사도 그만두고 어떻게 떠날 수가 있냐고 했지만 나는 그들에게 이렇게 되물었다.

　　"어떻게 떠나지 않고 계속 버티기만 할 수 있죠?"

　　오직 회사원으로만 살며 자정까지 일하는 건 야근도 아니었던 그때의 내 삶은 8할이 분노였다. 24시간 중 18시간을 일한 후 집으로 가는 새벽 택시를 탈 때마다 몇 시간 후 또다시 돌아가야 할 곳이 회사라는 생각에 올림픽대로 위에서 숱한 눈물을 흘렸다. 한강의 아름다운 야경을 보며 '삶이 겨우 이런 건가, 이런 삶을 계속 버티는 게 나의 미래일까' 하는 생각밖에 들지 않았던 내 일상은 대부분 불행했다.

　　내 삶이 마음에 들지 않고 계속 화가 나는 이유는 매우 단순했다. 잠을 제대로 자지 못했고, 이유 없는 통증이 점점 늘었고, 그럼에도 적당한 치료를 받기 위해서는 눈치를 봐야 했기 때문이다. 그런 시간을 견디면 좋은 날이 올 거라는 말이 헛소리 곱하기 개소리라는 생각은 그로부터 10년이 지난 지금도 변함이 없다. 덕분에 나의 이십 대는 견뎠고 아팠고 힘들었던, 분노 그 자체였다. 나로서는 최선을 다해 버티고 참아도 사람들은 왜 너는 잘 견디지 못하냐고, 다들 그렇게 버티며 산다고 말했다.

　　다른 길을 찾기 위한 방황을 하다가도 다시 성실한 회사원으로 돌아오곤 했던 나의 성실을 기어이 무너뜨렸던 것은 이런 말들이었다.

　　"경력 6년이면 보통 연봉 삼천사백 정도는 되지."

　　"서른이면 삼천만 원 정도는 모았어야 평균 아

닌가?"

"귀하의 나이 또래 대비 적금 비율이 39.71% 낮
습니다."

내 성실을 무너뜨리는 건 언제나 그놈의 평균과
보통이었다. 버티고 견뎌도 늘 평균과 보통에 못 미치
는 삶은 좀스럽다. 주기적으로 듣는 이평균, 김보통
에 대한 수치들은 마음속 잔잔한 물결에 던져진 돌멩
이처럼 언제나 큰 파장을 일으켰다. 남들은 다 잘사는
데 나만 삶을 잘 사용하지 못하는 것 같은 열등감에
늘 주변인들에게 당신은 얼마큼이나 평균치에 속하
며 사냐고 묻곤 했다. 그때 궁금한 건 오로지 평균치
에 속하는 삶이었으니까.

몇 년마다 한 번씩 평균과 보통에 좌절하는 것에
무덤덤해지기까지는 회사원이 되고부터 약 15년이
걸렸다. 눈앞에 생기는 장애물들을 옆 사람과 비교해
서 확인하는 순간에는 아주 큰 차이처럼 느껴지지만

시간이 흘러 모든 것을 종합 평가한 값은 얼추 비슷하다는 사실을 이제야 알게 됐다.

이평균 씨, 김보통 씨도 알고 보면 평균과 보통에 쫓기며 허덕거리는 삶을 살았을 것이다. '평균의 삶'을 고수하는 것은 비교 경쟁에서 순간의 '안심'을 선사할지 모르지만 평균이란 건 언제나 조금씩 높아지게 마련이니까.

수많은 평균 씨와 보통 씨 덕분에 멈춰 서고 넘어지면서도 여기까지 온 어른의 삶은 쇼윈도 너머의 잘 정리된 진열대에서 고를 수 있는 기성품이 아니다. 나의 일상은 그야말로 아직 만들어지지 않은 스타일이며 세상에 유일한 평균이고 보통이다.

삶을 쉽게 골라 사용할 수 없다면 나만의 것으로 잘 만들고 선택해야 한다. 이평균, 김보통 씨와는 상관없는 나만의 잣대로 내일도 호탕하게 하루를 시작해야 한다. 오늘도 성실히 나만의 평균을 만들어 가는 어른들이 타인의 평균과 보통에 더 이상 자신의 성실을 무너뜨리지 않았으면 좋겠다.

주먹을 꽉 쥔 하루

아주 오랜 시간을 내 인생에서 조연으로 살다 보면 어느 순간 내 하루가 쓸모없게 느껴진다. 세상에서 쓸모없는 존재가 되면 내 모든 것이 무의미해진다. 그렇게 바닥이 나고서야 누군가가 아닌 내 자신을 위해 살았어야 했단 걸 알게 된다.

고단한 하루를 보낸 어느 날, 친구와 통화를 하다가 이런 말을 한 적이 있다.

"나 오늘 하루 종일 주먹을 꽉 쥐고 있었던 거 있지. 주먹을 푸는 데 어찌나 손가락이 아프던지."

나는 무리할 때 주먹을 꽉 쥐거나 이를 꽉 깨물고 자는 습관이 있다. 주먹을 꽉 쥔 하루는 나에게 힘든 날이라는 뜻이며, 이를 꽉 깨물고 잔 다음 날은 걱정되는 하루가 시작된다는 뜻이다. 꽉 쥔 주먹과 앙다물어 헐어 버린 입속을 느낄 때마다 생각했다.

'지금 내가 힘들구나. 애를 쓰고 있구나.'

관계나 일이 새롭게 시작되면 누군가를 만족시키기 위해 많은 노력을 하는 편이다. 누군가에게 좋은 사람이 되기 위해, 누군가가 인정하는 사람이 되기 위해 애쓰는 것이다. 특히 회사라는 공간 속에서는 내 자신을 드러내기보다 누군가에게 인정받기 위해 온 노력을 쏟게 된다. 그 모든 행동은 매번 나를 '을'로 만들어 내 삶은 조금씩 좋지 않은 방향으로 흘러갔다.

삶의 초점이 타인의 기준에 맞추어져 있어 정작 내 인생이 마음에 들지 않는 방향으로 가다니, 그 흐름과 방향이 늘 마음에 들지 않았다.

그렇게 아주 오랜 시간을 내 인생에서 조연으로 살다 보면 어느 순간 내 하루가 쓸모없게 느껴진다. 세상에서 쓸모없는 존재가 되면 내 모든 것이 무의미해진다. 그렇게 바닥이 나고서야 누군가가 아닌 내 자신을 위해 살았어야 했단 걸 알게 된다.

병원을 가기 위해 반차를 썼던 날 치과 의사 선생님이 한 말이 기억에 남는다.

"이렇게 자꾸 깨물고 잤다간 턱이고 치아고 남아나지 않을 거예요. 뭘 그렇게 애쓰며 살아요?"

의사 선생님은 특별히 복용하는 약물도 없고 턱관절의 기형이 아닌 이상 이를 꽉 깨물고 자는 것은 대부분 심리적 요인이 원인이라고 하시며 마우스피스를 처방하셨다.

치과를 나오며 그런 생각을 했다. 이제 더 이상

이를 꽉 깨물지도, 주먹을 꽉 쥐지도 않겠다고. 앞으로도 종종 주먹 꽉 쥐는 날이 오겠지만 인지하게 된 이상 그때마다 꽉 쥔 두 손을 펼쳐 보겠다고. 손을 펼쳐야 누군가의 손을 잡아 줄 수 있고 내 가슴에 손을 얹어 볼 수도 있을 테니까.

외부의 일들 때문에 꽉 쥐었던 주먹을 조금 풀고 오직 나만을 위한 것들로 삶을 채우는 게 좋겠다고 다짐했다. 점심 메뉴도 내가 먹고 싶은 것으로 오직 나를 위해 정하고, 내 감정을 우선으로 하고, 보고 싶은 것, 만나고 싶은 사람도 나를 기준으로 하는 연습을 해야겠다.

애를 써도 안 되는 게 있다. 애를 써도 안 된다는 건 언젠가 애를 쓰지 않아도 술술 풀릴 때가 있다는 뜻이 아닐까. '애'가 간의 다른 표현이란 걸 아는지. 애를 쓰기만 하다 보면 몸도 마음도 망가질 것이다. 그러니 언제나 애쓰며 살지는 말자고 생각하며 쥐었던 주먹을 풀어 본다.

어른의 세상

외모가 성숙해지는 만큼 잘 여물지 않는 '어른스러움'에 가끔은 어른 생활을 포기하고 아이의 눈으로 세상을 보고, 사고하고 싶어진다.

우리는 언제 어른이 되는 걸까

　　최근 뉴스에 자주 등장하는 십 대들의 충격적인 폭력 왕따 사건을 볼 때마다 탈 없이 십 대 시절을 지나온 것이 다행이라며 먹먹한 가슴을 쓸어내리곤 한다. 내 어린 시절을 떠올려 봐도 그때는 학교에서의 관계가 삶의 가장 큰 부분을 차지했다. 어떤 날은 친구의 말 한마디가 내 기분 전부를 통제하고, 무리에서 이탈하는 게 세상에서 가장 무서운 일이었다. 밥을 같이 먹거나 친구와 놀거나 생일을 함께 보낸다거나 하는 사소한 것들이 고민거리의 99%였고, 사소한 것 하나로 무리에서 쫓겨나기도 했다.

　　십 대 시절로부터 20년이 흐른 지금은 어떨까. 어른이라는 감투를 썼으니 인간관계에 능숙하고 쉬워진다는 생각은 그야말로 착각일지도 모르겠다. 그때와 비교해 보면 여러 관계에 대한 고민의 맥락이 지금도 별반 다르지 않다. 내가 제일 좋아하는 사람이 나를 얼마나 중요한 사람으로 생각하는지, 이미 끝나 버린 사람과의 관계를 혼자서만 애써 유지하고 있는 건 아닌지 하는 사소한 것들이 40대에 바짝 가까워진 지금도 여전히 가장 고민되는 일들이다.

　　나이를 이만큼 먹고도 유치하게 그런 일을 할까 싶지만 계속해서 일어나고 마는 직장 내 왕따 사건이나, 관계에 대한 어른들의 치졸한 대처를 접할 때마다 우리는 몸만 늙었지 어릴 때의 원초적인 감정에서 한 치도 벗어나지 못했다는 느낌을 받는다. 단지 장소와 복장이 변하고 인생 경험치만 아주 조금 넓어졌지 어른이 되어도 여전히 관계 속에서 혼자가 되기를 두려워하고, 힘들 때 도와주는 누군가가 있기를 바라는 미숙한 개개인일 뿐이다.

　　어른, '다 자란 사람'을 뜻하는 말이다. 또는 '다 자라서 자기 일에 책임을 질 수 있는 사람'을 뜻한다. 사전적 정의만으로도 알 수 있듯 몸만 늙었지 진짜 어른이 되지 못한 '어른이'들이 참 많다. 자신의 행동과 말에 책임을 질 수만 있어도 사전이 정의하는 어른이 될 수 있건만, '책임지는 일'도 그리 쉽지만은 않은 모양이다.

나 또한 그렇다. 경험치가 늘고 아는 것이 많아졌지만 오히려 더 몸을 더 사리게 되고 이해력은 각박해진다. 이해력이 진짜 부족한 거라면 차라리 다행이겠지만, 알면서도 입 다물고 귀찮은 일을 경계하는 나를 발견할 때마다 내가 그려 왔던 어른의 모습과 동떨어진 나에게 종종 실망한다. 외모가 성숙해지는 만큼 잘 여물지 않는 '어른스러움'에 가끔은 어른 생활을 포기하고 아이의 눈으로 세상을 보고, 사고하고 싶어진다.

방에서 창문을 열면 가장 먼저 어린이집이 보이는 탓에 평일 낮 동안은 언제나 아이들의 소리로 북적인다. 이른 아침에는 엄마 손을 붙잡고 떼쓰며 우는 아이, 어렵사리 아이 손을 떼 놓는 엄마 아빠의 소리가 들린다. 아이들이 낮잠을 자는 동안은 고요하고, 야외 놀이 시간에는 그야말로 아이들과 함께 오후를 보내는 느낌이 들 정도로 시끌벅적하다.

창문 너머로 지금 순간을 온전히 즐겁게 보내는

아이들을 보면 절로 편안해진다. 동시에 아이들과 엎어지면 코 닿을 거리에 있으면서도 다른 세상을 사는 것 같은 느낌에 쓸쓸해지기도 한다. 아이들이 사는 세상과 내가 사는 세상은 분명 같은 세상인데도 바라보는 시각과 경험에 따라 이렇게 다른 세상이다.

어른의 세상 더 깊은 곳으로 들어서면서 아이들에게 미안한 마음이 커지고 치기 어렸던 어린 날의 나를 조금씩 용서하게 된다. 이해의 영역이 조금씩 넓어지는 기분이 들 때는 어른 생활도 조금 위로가 된다.

좋은 것 하나에 안 좋은 것 열 가지가 딸려 오는 게 어른의 세상이지만, 이해의 영역이 넓어지고 자신을 돌아볼 수 있는 건 어른 생활의 가장 큰 장점이 아닌가 싶다. 넓어진 마음으로 더 여유롭게 세상을 보고, 찬찬히 관찰하다 보면 어른 세상의 좋은 점들을 더 많이 발견할 수 있겠지?

무난함이라는 규격

취향 없이 사람들의 말에 맞춰서 살아온 사람은 주장해야 할 의견이 없어 타인의 말에 기준해 자신을 계속해서 '새로고침'을 하게 된다.

취향이란 얼마나 개인적인가. 겉으로는 엇비슷해 보이는 사람도 살펴보면 디테일이 천차만별이다. 같은 세계에 살면서도 이렇게나 다양한 생각을 가질 수 있는 존재이기에 사람과 사람 사이에는 적당한 거리가 필요하다.

호불호가 확실했던 나는 자신만의 확고한 취향을 가진 사람을 매력적이라 생각했다. 취향이 없는 사람을 매력적이지 않다고 생각하기도 했다. 자신의 기호도 없이 다른 사람들의 기호에만 맞추는 사람들이 이해가 가지 않았다.

그러나 회사원이 되고 난 뒤로는 호불호가 명확한 내가 더 유별난 사람 취급을 받았다. 회사라는 집단 속에서는 내 자신이 인정하는 고유한 개인으로 존재하기보다 타인이 인정하는 '좋은 사람'이 되는 게 훨씬 유리했다. 두루두루 잘 지내는 사람, 좋고 싫고를 따지지 않는 사람, 타인의 부탁을 잘 들어주는 사람. 그러다 보니 '나만 이상한가'의 덫에서 빠져나오기 위해 나 또한 무난해지려는 노력을 서슴지 않게 되었다.

정혜신 선생님의 책《당신이 옳다》에는 '개별성을 지우는 집단 사고'에 대한 내용이 있다.

"내 눈앞에 한 사람이 있는데 그를 더 천천히 느끼고 묻고 들어 보지 않은 채, 자수성가한 사람이니까, 모름지기 교육자니까라는 붕어빵 같은 틀로 상대를 짐작하고 넘겨짚는다. 자수성가한 이력이나 교육자라는 직업은 그를 이해하는 데 도움이 될까, 장애물이 될까. 내 경험에 의하면 2:8 정도로 장애물이다. 사람에 대한 판단과 평가가 이미 내려졌으므로 그가 어떤 개별성을 가진 존재인지에 집중하는 일에는 당연히 소홀해진다. 더 자세히 볼 필요가 없다고 믿는다."

이 부분을 읽으며 밑줄을 얼마나 진하게 그었는지, 공감 그 이상이었다. 나도 어떤 사람에 대한 섣부른 정보가 오히려 독이 될 때가 많았다. "내 친구한테 들었는데 저 여자 이혼했대"라는 정보로 시작하는 그 사람에 대한 확인되지 않은 사실은 아무리 내가 그 정보를 의식하지 않으려 해도 그에게 섣불리 다가가지 못하게 만드는 불필요한 정보가 될 뿐이다. 존재의 고유성을 무시하는 시선들이 얼마나 폭력적인지, 개별적으로 존재해 보지 않은 사람들은 모른다.

책 속에서 선생님은 사람들을 만나면 "요즘 마음이 어떠냐?"라고 묻는다고 한다. 그 질문 하나만으로도 사람들은 마음을 열고 마음속 깊은 이야기를 술술 풀어내기도 한다고. 그 질문이 따뜻하게 느껴지는 것은 아무도 우리 마음에 대해 묻지 않는 탓이고, 자신조차도 자기 마음을 들여다보지 않고 살기 때문 아닐까.

사람들은 무난한 사람이 되기 위해 노력한다. 무리를 해서라도 대중이 되고 싶어한다. 같은 목소리를 내고 같은 취향을 가지려 한다. 그러다 보니 정작 자신의 취향을 모르는 사람이 많다.

취향이란 자기가 좋아하는 것을 기꺼이 해 봄으로써 생기는 유일한 경험치에 대한 빅데이터이다. 여러 분야에 걸쳐 자신만의 취향이 생긴 사람은 다른 사람들의 말에 조금 덜 휘둘린다. 취향 없이 사람들의 말에 맞춰서 살아온 사람은 주장해야 할 의견이 없어 타인의 말에 기준해 자신을 계속해서 '새로고침'을 하게 된다.

각자의 인생이니 규격에 맞추는 삶을 선택하는 것은 자유지만 문제는 타인에게도 규격에 맞추어 살 것을 강요한다는 데에 있다.

'무난하다'는 규격에 맞추라는 압박에 시달리는 후배들을 만나면 "그런 말은 무시해. 그럴수록 더 네가 되어야 해. 절대로 속지 마. 남보다는 네 목소리가 제일 먼저야!"라고 말해 주는 이유다. 삶에는 규격이 없다는 걸 말해 주지 않아도 알고 있지 않은가.

무난한 사람이 된다는 말은 다른 사람들에게 좋은 사람이 된다는 뜻이지 결코 개인으로서 존재해도 된다는 뜻이 아니다. 우리는 더 고유하고 개인적인 사람이 될 필요가 있다. 튀지 않으려고, 특이한 사람이 되지 않으려고 더욱 확실하게 무난해지기 위해 노력하는 사람들을 보면 짠하다. 조금이라도 나다운 말을 당당하게 하려면 '예민하다', '나쁜 년이다'라는 극단적인 반응도 인정을 하고 시작해야 한다. 한국 최초로 칸 영화제에서 황금종려상을 받은 봉준호 감독은 말한다.

"가장 개인적인 것이 가장 창의적인 것이다."

집단 속에서 나도 무난한 사람이 되려고 갖은 노력을 했다. 하지만 결국 나 자신이 될 수밖에 없었던 이유는 '무난한 사람'이라는 타이틀은 사실 노력이 아닌 연기에 의한 결과물이란 걸 숱한 역할극을 통해 알게 되었기 때문이다.

여러 경험 가운데 자신을 놓아주지 않으면 자신이 어떤 사람인지 잘 모를 수 있다. 그러니 내가 할 수 있는 한 여러 환경에 나를 놓아두고 경험해 보는 것이 중요하다. 자기 자신에 대해 잘 모른다는 것은 잘못된 것이 아닌, 경험이 조금 부족한 것이다. 자신에 대해 아직도 모른다는 말 또한 내가 특별히 느린 게 아니라 그저 경험이 부족한 것이다.

　　　내가 원하는 것, 좋은 것을 따라가다 보면 곳곳에 내가 있다. 누군가를 사랑하려고 노력하기 이전에 자신을 제일 먼저 알고 사랑해야만 한다. 갑자기 내가 낯설다는 생각이 들 때가 있다면 자기 자신을 돌아볼 때다. 내가 옳고, 당신도 옳다는 걸 알아야 할 때다. 더이상 무난하다는 규격에 자신의 삶을 끼워 맞추지 않아도 된다는 걸 알아야 할 때다.

누가 제일 불쌍할까

사람이라면 누구나 부족한 부분이 있다. 부족한 부분의 발견은 남들은 다 가진 것처럼 보이는, 자신은 가지지 못한 것에서 오는 열등감에서 시작된다.

사람들을 대할 때의 나는 꽤나 상대적이다. 나에게 큰 기대를 갖고 있는 사람과의 관계에서는 그 기대를 무너뜨리지 않기 위해 노력하게 되고, 언제나 자신이 제일 불쌍한 친구와 함께 있을 때는 서로 누가 더 불쌍한가 내기라도 하듯 대화가 이어진다. 결과적으로 누군가에겐 인생을 즐기며 사는 멋진 여자로 기억되는 동시에 누군가에겐 열등감으로 똘똘 뭉친 못난 사람으로 기억된다.

어느 날 친구 유림과 대화를 하며 문득 '이 친구와 대화를 하면 왜 항상 누가 더 돈이 없나, 누가 더 불쌍한가 내기를 하게 될까?' 하는 생각이 들었다. 그 친구와는 유난히 고달픈 돈벌이에 대해, 세 배나 올라버린 집값에 대해, 절망밖에 남은 게 없는 인생에 대해 이야기하게 된다. 그날도 역시 친구는 이런 말로 대화를 시작했다.

"넌 결혼만 못했지, 난 돈도 없고 직업도 없고 아무것도 없잖아. 결혼했음 뭐해. 자괴감, 절망감, 말도 못하지. 결혼 안 하면 좋지 뭐. 너 지금 좀 힘들다고 그러는 거 유난 같아 보여."

맥락도 없이 반복적으로 불행 대결을 하는 대화가 맘에 걸려 좋은 쪽으로 대화를 유도하긴 하지만, 타인의 불행을 쉽게 재단해 버리는 친구의 말에 울컥해서 결국은 나의 열등한 부분을 두고 또다시 배틀하게 되었다. 각자의 불행은 평행선이라서 교차 지점을 만나지 못하면 절대로 이해할 수 없는 영역이다.

사람이라면 누구나 부족한 부분이 있다. 부족한 부분의 발견은 남들은 다 가진 것처럼 보이는, 자신은 가지지 못한 것에서 오는 열등감에서 시작된다. 현시점의 나에게는 결혼과 연애가 그렇다. 열 손가락 중 유난히 아픈 손가락, 내게 부족한 부분 중 도리 없이 열등감이 느껴지고야 마는 카테고리. 작금의 결혼 제도가 마음에 들지 않는다는 말은 많이 했어도 "나는 비혼주의자입니다"라고 말한 적은 한 번도 없는데, 연애의 시작조차 어려워지는 나이가 깊어지며 선언한 적도 없는 비혼주의자 리스트에 오르는 기분은 그리

달콤하지 않다.

　　내가 아직도 돈을 번다고 해서, 책을 출간하는 사람이 되었다고 해서 어느 한 부분은 완전히 결핍되어도 괜찮아야 하는 건 아니다. 밥이 주는 행복과 디저트가 주는 행복이 다르듯, 소풍과 캠핑이 명백히 다르듯, 행복에도 종류가 있고 즐거움에도 디테일이 있다. 다만 내가 선택한 것의 결과라면 불행도 행복도 받아들이고 다음 단계로 넘어가면서 사는 게 아닐까. 결혼이나 명함만으로 단순하게 행복과 불행이 나뉘는 게 어른 생활의 정석은 아니니까.

　　내가 가장 불행하다는 피해 의식으로는 좋은 대화를 할 수 없거니와 우리가 해결해야 할 많고도 지속적인 삶의 문제들을 해결할 수 없다. 삶이란 각자의 불행과 행복이 교차하는 것이라고 생각하는 사람과의 대화가 훨씬 어른스럽고 편안하다. 좋은 대화는 절대 불행 배틀로 끝나지 않는다. 차이를 인정하고 다름을 호기심으로 대하는 좋은 대화를 늘려 가고 싶다.

좋아하는 사람과 대화를 할 때는 언제나 생각한다.

'우리는 모두 행복과 불행이 교차하는, 똑같은 세 상을 살고 있다.'

보잘것없지만 멋진 어른

인간관계도 어쩌면 내가 잘하려고 한 탓에 더 어려워진 건지도 모른다고 생각해 봤다. 뭐든 잘하려고 욕심내면 잘되지 않곤 했으니까.

　　스물셋부터 마흔까지, 중간중간 일하지 않은 기간을 빼도 약 15년간 회사를 다녔다. 고대하던 어른이 되어서도 여전히 친구 관계가 어렵고 여러 고민들이 나를 주눅 들게 만들 듯, 회사 생활도 그랬다. 10년이나 회사 생활을 했기에 이젠 다 괜찮을 거라 생각했던 그 때도, 그로부터 5~6년이 더 지난 지금도 변함없이 나를 힘들게 하는 것은 바로 회사 안에서 벌어지는 일들과 인간관계다. 많이 할수록 느는 것은 반복적 단순노동밖에 없다.

　　이별도 만남도 인간관계도 상대가 달라지면 언제나 처음처럼 새롭다. 인간관계란 건 많이 겪는다고 해서 요령이 생기거나 점점 나아지는 '기술'이 아니다. 한 사람이 가면 또 새로운 사람이 오는, 이를테면 철학의 카테고리에 속한다. 내 일상에 출현한 새로운 사람은 또 다른 이야기를 가지고 나에게 온다. 기존의 관계에서 얻은 지혜는 또 다른 사람에게는 적용되지 않아 애를 먹는다.

오래 회사 생활을 했음에도 문제가 반복될 때 자격지심이 발동한다. '나는 한 회사를 오래 다닐 수 없는 사람인가?' '인간관계에 소질이 없나?' 자책 99.9%로 이루어졌던 내 지난날의 회사 생활을 떠올려 보면 나를 탓하기만 하는 건 관계나 문제 해결에 전혀 도움이 되지 않았다.

혼자 자책하고 원인을 파악하려 했고, 오직 혼자 해결하려 했다. 끝끝내 찾아내려 하면 모든 것에 이유야 있겠지만 나에게 일어나는 모든 일의 이유를 알아내려 하니 남들보다 더 빨리 삶에 지쳤다. 회사를 15년이나 다니고도 회사 생활을 헤맨다고 생각하니 끝없이 힘들고 지치기만 했다.

생각의 전환이 필요했다. 인간관계도 어쩌면 내가 잘하려고 한 탓에 더 어려워진 건지도 모른다고 생각해 봤다. 뭐든 잘하려고 욕심내면 잘되지 않곤 했으니까. 그냥 이렇게 생각해 보기로 했다. 이 분야는 내가 아무리 노력해도 잘하지 못한다고 결론을 내 버리니 마음이 조금 편해졌다.

　　나는 인간관계에 서툰 사람, 서툴어도 되는 사람, 그래 바로 그거였다. 부족한 나 그대로를 인정하고 그래도 된다고, 괜찮다고 토닥이는 것. 내친김에 노트를 펴고 내가 되고 싶지만 욕심만큼 잘 안 되는 것, 부족하거나 잘하지 못하는 것을 더 적어 보았다.

　　모르는 사람에게 인사하기.
　　도와 달라고 말하기, 앞뒤 재지 않고 도와주기.
　　좋은 팀장이 되기.
　　내 글을 읽는 사람에게 본보기가 되는 사람 되기.
　　예쁜 말만 하기.
　　넓은 마음을 가진 사람 되기.
　　모두에게 더 좋은 사람 되기.
　　나날이 발전하는 사람 되기.

　　부족해도, 잘나지 못해도 멋진 어른은 자신을 위로할 줄 아는 사람이다. 나에게 진짜 멋진 어른은, 그런 어른이다.

외로움은 너무 비싸

나도 모르게 '외롭다', '심심하다'라는 말을 입에 달고 있었다. 그동안 마치 나로서 존재한 게 아닌 누군가의 친구, 누군가의 선후배, 누군가의 딸로만 살아온 것처럼 말이다. 낯설고 새삼스러운 기분, 외롭고도 외로운 기분이었다.

헨리 데이비드 소로의 "잔물결 소리에 귀 기울이는 사람은 무슨 일이 있어도 절망하지 않으리"라는 말을 좋아한다. 작가의 깊은 통찰력과 이 문장을 좋아한다는 사람의 취향에 반해 메모해 둔 것이다. 잔물결 소리에 귀 기울인다는 표현은 잔물결 소리가 들릴 만큼 고요한 시간을 갖는다는 뜻일 것이다.

고독조차도 돈을 지불해야만 가능해지는, 지나치게 연결되어 시끄러운 세상이다. '외롭다'는 감정을 본격적으로 인식하기 전에는 가끔 주어지는 고독이 좋았다. 크고 대단한 꿈을 꾸지는 않더라도 지금 당장 즐거운 것을 하며 시간을 보낼 줄 알았고, 시간을 때우기 위한 장치가 전혀 필요하지 않았다. 게임이나 웹툰 같은 걸로 시간을 때우기에는 인생이 너무 아깝다고 생각했다. 시간을 때운다는 말 자체가 싫었다. 잔물결 소리처럼 내 마음의 작은 즐거움에 귀 기울이고 그것에 집중하면 시간을 때울 필요가 전혀 없었으니까.

　언제부턴가 혼자 있는 시간이 길어지며 그동안 자신을 들여다보는 게 힘들어졌다. 세상은 빠르게 돌아가고 혼자로 살아가던 주변 사람들이 내 일상의 중심에서 하나둘 빠져나가니 마치 홀로 섬에 남겨진 듯한 기분이었다. 외로움에 초조함이 더해졌다. 어쩔 수 없이 주어진 고요한 일상을 보내면서 잔물결 소리에 귀 기울이지 못하고 사정없이 늘어난 고요를 때우기에 급급해졌다. 시간을 때우기 위해 무언가를 하면서도 집중하지 못하고 머릿속으로 여기저기 뛰어다니느라 정신이 없었다. 이쪽도 저쪽도 제대로 집중하지 못한 채로 주말이 사라지곤 했다.

　나의 일상을 북적이게 만들었던 사람들이 자연스레 자신만의 깊은 삶 속으로 떠나자 비로소 알게 되었다. 나는 나로서 충분했던 게 아니라 세상이 말하는 소리들에 귀 기울이고 있었다는 것을. 세상은 둘이어야 한다고 했고, 혼자서는 쓸모를 갖지 못한다고 했다. 개의치 않고 단단한 혼자가 되어 보려 했지만 정말 혼자가 되고 나니 사정없이 외로워졌다.

　나도 모르게 '외롭다', '심심하다'라는 말을 입에 달고 있었다. 그동안 마치 나로서 존재한 게 아닌 누군가의 친구, 누군가의 선후배, 누군가의 딸로만 살아온 것처럼 말이다. 낯설고 새삼스러운 기분, 외롭고도 외로운 기분이었다.

　갑자기 너무 커져 버린 이 외로움을 어떻게 해야 할지 몰라 게임도 다운받고, 넷플릭스도 구독하고, 웹툰도 결제했다. 외로움이 이렇게 비싼 건지 왜 진작 몰랐을까. 마음속에서 들려오는 잔물결 소리에 귀 기울이지 못하고 세상 밖의 시끄러운 소리들에 귀 기울이며 살다 보니 비싼 외로움과 절망만 남은 것 같았다. 그 속에서는 후회의 거친 물결에 휩쓸린다. 거친 생각의 물결에서 빠져나오는 방법은 단 하나, 몸을 움직이는 것이다. 걷는 시간이라곤 출퇴근 때뿐이었던 내가 하루에 몇 시간씩 걷는 사람이 된 건 그 때문이다.

　화면이 종료되면 끝나 버릴 헛헛한 시간 때우기

로는 외로움이 해결되지 않았다. 그제야 공허하고 값
비싼 외로움들을 몇 달 만에 해지했다. 대신 외롭다는
생각이 들 때마다 걸어서 공원으로 갔다. 그곳에 앉아
책을 읽었다.

비싼 외로움은 생각을 마비시키고 고민을 부풀
리는 반면, 몸을 움직이는 일은 복잡한 생각을 즉각
정리해 준다. 답이 없다고 생각했던 문제를 걷는 동안
에 간단히 풀어 버리기도 하고, 쓸데없이 오래 붙잡고
있었던 '불필요'를 깨끗하게 털어 버리기도 한다. 외
로움을 견디는 것에서 고독을 즐기는 것으로, 외로움
에 대한 프레임을 바꾸니 혼자만의 시간들이 소중해
졌다.

걷는 사람이 된 이후 나는 누군가를 섭섭하게 할
지라도 기꺼이 혼자가 되어야 한다고 말한다. 세상의
소리에 귀 기울이는 대신 나만 생각하는 이기적인 시
간을 갖고 오직 나만 위한 것을 정성껏 고르는 행동을
해야만 한다고. 그렇게 내가 나로서 충분해져야만 좋

은 언니가, 친절한 친구가, 부모님께 든든한 자식이
될 수 있다.

　　외로움을 비싸게 결제하기보다 혼자 걷는 것이
더 좋다는 걸 알게 된 지금은 주변 사람들에게 이렇게
말한다. 부디 당신 외로워 달라고, 자신의 마음속 잔
물결 소리에 귀 기울여 달라고.

고요가 주는 것들
(세상은 너무 시끄러우니까)

자기 자신의 말을 포함한 누군가의 음성에 귀 기울이고 사는 우리에게 가끔은 고요의 시간을 선물하면 좋겠다. 사람의 말보다 중요한 건 자연의 말들이고, 그것보다도 중요한 소리는 내 마음이 내는 소리가 아닐까.

　가끔 세상이 너무 시끄럽다는 생각이 들 때가 있다. 지켜야 할 것들, 해결해야 할 문제들, 들어야 하는 말들이 너무 많을 때. 이렇게 많은 것이 정리되지 못하고 쌓여만 갈 때 습관처럼 보는 영화가 있다.

　〈리틀 포레스트〉

　영화의 대부분은 편안한 장면과 자연적인 소리로 채워져 있다. 물이 끓는 소리, 고구마가 화로에서 익는 소리, 장작이 타는 소리, 과일을 깎는 소리, 바람이 부는 소리, 잘 익은 과일을 따는 소리.

　시끄럽고, 많고, 꽉 채우며 사는 게 오직 잘사는 방법이라고 생각하던 때가 내게도 있었다. 많은 사람이 나를 찾고 바쁜 주말을 보내는 것만이 삶을 사용하는 절대적이고 유일한 방법이었고, 식지 않은 고구마처럼 마음은 늘 달아올라 있었다. 뜨거운 고구마는 먹기도 힘들고 껍질을 까기도 힘들다. 식을 때까지 기다릴 수밖에. 뜨거운 고구마였다가 알맞게 식어 껍질을 까고 맛있게 먹기까지는 사람마다 시간이 다르겠지만, 한 가지 확실한 건 누구에게나 가만히 기다리는 고요의 시간이 필요하다는 것이다. 뜨거운 냄비에 고구마를 계속 올려 두면 결국 타 버리기밖에 더할까.

많은 사람이 원하는 내가 되기 위해 마음 태우는 어른 생활을 계속하던 어느 날, 재가 돼 버린 내 마음을 마주했다. 이유 없이 아프고 소화가 안돼서 며칠이나 휴가를 내고 누워만 있었다. 그때 처음 〈리틀 포레스트〉라는 영화를 보게 됐다. 귀 기울여야만 들을 수 있는 소리들, 과일 깎는 소리, 밤껍질을 까는 소리, 농작물이 익어 가는 소리를 들으니 마음속에 남아 있던 작은 불씨마저 꺼지는 것 같았다. 치익 하고 불씨가 꺼지며 찾아온 평화, 마음이 식는 소리다. 영화를 보며 드는 생각은 단 하나였다. 내가 귀 기울여야 되는 소리는 무엇일까.

자기 자신의 말을 포함한 누군가의 음성에 귀 기울이고 사는 우리에게 가끔은 고요의 시간을 선물하

면 좋겠다. 사람의 말보다 중요한 건 자연의 말들이
고, 그것보다도 중요한 소리는 내 마음이 내는 소리가
아닐까.

　　고요에 귀 기울이면 알게 되는 것이 있다. 사람
만 치열하게 살고 있는 게 아니다. 바람도 계속 불고
있고 식물은 자라나고 있으며 전기도 흐르고, 내가 좋
아하는 나무 의자도 조금씩 내 몸에 맞게 변형되고 있
다. 그것들은 모두 소리를 내고 있지만 우리가 귀 기
울이지 않으면 들리지 않는다. 내 마음이 꼭 그렇다.
내가 관심 가지지 않고 돌보지 않으면 보이지 않고,
들리지 않는다.

'그냥'이 제일 어려워

방법 따윈 없다. '그냥' 하면 되는 거다. 아무쪼록 생각 없이 그냥.
무슨 일이든 그냥 시작해 보면 알 수 있다. 캄캄했던 앞길이 조금씩
밝아 오고 막막했던 머릿속이 천천히 정리되고 있다는 것을.

엉덩이를 붙이고 앉아 글을 쓰는 데 온전히 집중할 수 있으려면 환경이 중요하다. 나의 경우에는 적당한 조도를 메인으로 습도와 온도, 방석의 폭신한 정도도 중요하다. 그러나 모든 걸 차치하고 가장 중요한 한 가지를 꼽는다면, 내가 쓰고 있는 글이 별로라는 무시무시한 두려움 속을 뚫고 써 내려가는 끈기이다. 글이 개차반이든 '삭제' 키를 한 시간째 두드리든 말든 그럼에도 불구하고 써 내려가는 정신이 한 편의 글을 완성하게 만든다. 결론은, '그냥' 쓰는 거다.

어른 생활의 첫 번째 역설은 '그냥'이 가장 어려워진다는 데에 있다. 어릴 적에는 어른이 되기만 하면 모든 게 그냥 다 되는 줄만 알았다. 결정이 쉬워지는 건 물론이고 미래에 대한 걱정 따윈 없어질 줄 알았다. 어른이 되고서야 알게 됐지만 걱정의 영역이 좁은 그때만이 할 수 있는 생각이었다. 결정해야 할 것도 고민해야 할 것도 상상을 초월할 만큼 그 영역이 넓어지리라고는 예상도 못했다.

　나는 빠른 결정이 필요할 때 극도로 스트레스를 받는다. 본디 그냥이 잘 안되는 성격에다 대충 넘어가야 할 때도 그게 안돼 곤란을 겪는다. 그럴 때마다 나를 탓한다. '제발 대충 좀 넘어가자, 내 자신아…….'

　어른 생활의 두 번째 역설은 완벽한 계획과 예측으로 리허설까지 마친 일일수록 내 뜻과는 반대로, 심지어는 이상하게 흘러간다는 데에 있다. 아무 생각 없이 그냥 시작한 일이 의외로 좋은 결과를 가져와 나를 놀라게도 한다. 노력을 심은 땅에서 항상 그만큼의 열매를 맺으면 좋겠지만 예상치 못했던 자연재해나 사건 사고들로 인해 정직한 보상이 생기지는 않는다는 것이다. 노력은 필요하지만 그 노력을 어떻게 하느냐가 더 중요하다. 완벽하려고 애쓰거나 최선의 결과만을 위해서 노력한다면 우리가 맞이하는 결론은 "해도 안되더라" 같은 낙담과 냉소가 될 것이다.

　내가 좋아하는 일이니까 그냥 해 보자. 잘 안돼도 좋으니까 그냥 한번 해 보겠다고 어떤 일을 시작한다면 쉽게 포기하지 않을 수 있다. 나는 못해도 되는 사람이니까. 못하는 나를 굳이 탓하고 잘되지 않은 상황에 낙담할 필요는 없으니까. 내가 하는 노력이 마치 노력이 아닌 것처럼 '그냥' 하다 보면 몸에 잔뜩 들었던 힘이 빠져 오히려 좋은 결과를 맞이할 수 있다. 방법 따윈 없다. '그냥' 하면 되는 거다. 아무쪼록 생각 없이 그냥. 무슨 일이든 그냥 시작해 보면 알 수 있다. 캄캄했던 앞길이 조금씩 밝아 오고 막막했던 머릿속이 천천히 정리되고 있다는 것을.

내 다이어리의 첫 장에는 이런 글이 있다.

"잘하고 싶을 땐 나도 모르게 허리에 힘을 꽉 주게 돼. 언제부턴가 허리가 아프기 시작했어. 그때부터 잘하기가 싫더라. 그래서 마음먹었지. 이제부턴 어디 한번 못해 보자 하고. 나는 어차피 개뿔도 없는 인간일 뿐이다. 내가 왜 잘해야 하지? 이상하게도 그후로는 다 잘되고 있지."

나이가 의미 없는 사람이 되고 싶어

나이에 맞춰 늙어 가길 원하는 사람이 있는가 하면, 나이에 상관없이 사는 사람도 있다. 어떤 게 행복이냐 성공이냐 하는 것은 개인의 만족이 결정하는 것처럼 나이도 그렇다.

우와⋯⋯한 어른 생활

사람들이 나에게 나이에 맞는 어떤 역할을 기대하거나 요구할 때 난감해지곤 한다. 나는 아직도 사람들이 생각하는 나이에 대한 틀이 어색하고 당황스럽다. 사람마다 어떤 일이 생기는 때가 다르고 오직 나이로만 모든 일이 결정되는 것도 아닌데 사람들은 함부로 단정한다. 서른이라 늦었다, 삼십 대는 그렇다, 사십 대라 늙었다, 나이 들어 꼰대다, 결혼할 나이가 됐다고.

삼십 대부터, 아니 어쩌면 어른의 영역에 발을 들인 날부터 그런 말들을 들어 왔고 사십이 되고부턴 본격적으로 듣기 시작했다. 그럴 때마다 사람들을 만나기가 두려워졌고 가슴이 답답했다. 내가 나를 정의하기도 전에 나이로 인해 이미 정해진, 타인의 눈에 비춰진 나를 마주하는 게 어려웠다.

나는 노력한다. 나이나 어떤 편견에 갇히지 않으려고. 나에게 있어 친구 영역은 나이와는 상관이 없다. 내 친구 재영 언니는 나보다 다섯 살이 많지만 만나면 나의 첫째력을 발휘하게 된다.

"언니! 괜찮아. 힘들 때마다 나한테 전화하구. 이럴 땐 슬퍼해도 돼"

또 다른 내 친구 혜련은 나보다 여섯 살이나 어리지만 나보다 어른 같다. 항상 내 말을 들어주고 나를 잘 관찰하고 토닥여 준다. 주로 내가 기대고 배우고 위로를 받는 편이라 힘든 일이 생겼을 때 제일 먼저 찾게 된다. 그렇게 보면 세상에서 확실한 상하관계는 부모 자식 사이나 회사 안에서의 직급밖엔 없는지도 모른다.

나는 아직 못해 본 것도 많고 해 보고 싶은 것도 많다. 나이를 먹어서 어쩔 수 없는 건 체력뿐 몸의 노화와 정비례로 정신적 나이를 먹고 있지는 않다. "나도 이제 나이를 먹어서"로 운을 떼는 사람과는 괜스레 거리를 두게 된다. 나와 같은 나이임에도 자조 섞인 말들로 점철된 대화는 오래 이어 가기 힘들다.

　　나는 아직 사람들이 말하는 사십 대가 아니다. 나는 아직도 피곤보다 낭만이 훨씬 많은 예쁜 나이다. 사는 방법에 따라 각자의 삶이 있고 시간은 각자에 맞게 흐른다고 믿는다. 절대적 신체의 변화를 말하는 게 아니다. 나이에 맞춰 늙어 가길 원하는 사람이 있는가 하면, 나이에 상관없이 사는 사람도 있다. 어떤 게 행복이냐 성공이냐 하는 것은 개인의 만족이 결정하는 것처럼 나이도 그렇다. 삶이란 경험치에 의해 조금씩 결정되는 것 같다. 그러니 같은 나이의 숫자라도 개개인이 체감하는 숨겨진 숫자는 절대적으로 다를 것이다.

　　겨우 나이에 의해 모든 사람과의 관계가 정리되고 분류되면 좀 시시하지 않나. 우리에겐 나이와 상관없는 여러 모습이 있으니까. 다양한 모습으로 사는, 친절하되 나이가 의미 없는 어른이 되고 싶다.

어른은 스스로를 제일 모른다

자신이 원하는 것을 싫다, 좋다 확실하게 말하는 아이들과는 달리 어른은 자신보다 타인이 원하는 것부터 말하게 된다. 어른이 되어 갈수록 '눈치'를 잘 보게 되는 것이다. 눈치를 보는 연습을 하다 보면 어느새 잃어버린다, 자기 자신이 무엇을 원하는지.

'일기' 하면 제일 먼저 떠오르는 연관 검색어, '방학 숙제'.

글을 쓰는 취미나 일을 가진 사람을 제외하고는 '일기' 하면 초등학생과 방학숙제를 떠올린다. 일기가 숙제가 되다니, 글쓰기를 고취하려는 교육 의도는 잘 알겠지만 개인적으로 아쉬운 방법이다. 어린 시절 억지로 일기를 썼던 그 기억 때문에 얼마나 일기 쓰기를 싫어하게 되었는지. 어릴 적 그 보석 같은 생각들을 기록하는 것도 중요하지만, 어른이 되어서의 기록은 어릴 때보다도 더 자기 자신을 잃어버리기 쉬운 어른 생활에 중요한 열쇠가 되어 준다. 나 역시 어른이 되어 꾸준히 글을 써 본 후에야 글쓰기가 스스로에게 주는 좋은 영향을 알게 되었다.

성인이 되어 처음 일기 쓰기를 시작했을 때 첫 페이지는 '오늘 할 말 없음'이었다. 반복되는 일상에 도저히 글로 쓸 만한 일이 없는데 도대체 무엇을 쓸까, 막막하고 화가 나는 마음에 하얀 종이 위에 연필로 그렇게 휘갈기고 자 버렸다. 어떤 일이 있어야만 일기를 쓸 수 있는 것도 아니고 나 혼자 보는 일기를 소설처럼 잘 써야 하는 건 더더욱 아닌데 왜 그런지 백지 위의 막막함에 한 자를 내어 쓰기가 쉽지 않았다. 나를 본격적으로 장문의 일기를 쓸 수 있도록 만든 건 아이러니하게도 '화'였다.

　　자신이 원하는 것을 싫다, 좋다 확실하게 말하는 아이들과는 달리 어른은 자신보다 타인이 원하는 것부터 말하게 된다. 어른이 되어 갈수록 '눈치'를 잘 보게 되는 것이다. 눈치를 보는 연습을 하다 보면 어느새 잃어버린다, 자기 자신이 무엇을 원하는지. 아이들은 자신의 감정을 드러내는 데 타인의 눈치를 보지 않지만 어른은 드러내기는커녕 제 자신을 몰라 타인의 감정에 동요되곤 한다. 나는 사회화라는 말을 싫어하는데 회사와 같은 집단생활을 하다 보면 나도 모르게 사회화되어 가는 나를 발견할 수 있다. 누군가의 "싫어", "좋아"만을 듣고 산다면 스트레스를 받을 테니까 나도 남들 앞에서 '좋다', '싫다'를 말하지 않게 되는 것이다.

　　매일 글쓰기를 통해 알게 된 나도 몰랐던 나에 대한 사실이 있다.

　　사람도 많고 차도 빼곡한 서울에서 마음이 빨갛게 끓어오를 때면 혼자 제주도에 다녀오곤 했다. 비자림, 곶자왈, 바닷가 마을 어귀, 올레길 등 바닷길 산길 할 것 없이 높은 건물 없이 펼쳐진 제주의 이곳저곳을 걷고 나면 사는 게 그리 나쁜 것만은 아닌 것 같았다. 제주에 갈 때마다 한적한 곳에서 혼자 사는 삶을 동경하는 마음이 조금씩 커졌다. 사람에 치여 쉴 새 없이 조바심 나고 마음을 끓이는 삶을 살아왔기에, 타인에게 피해를 주는 게 싫어 애써 사람을 끊어 내며 서울의 중심에서 혼자가 되는 선택을 하곤 했기 때문에.

　　나는 내가 나무를 좋아하고 자연에서의 삶을 살게 될 거라고 생각했다. 동시에 언제나 이마를 짚고 사는 서울에서의 삶을 싫어한다고 생각했지만 생각과는 달리 매일 일기 속에서의 나는 편리하고 어디서나 흥미로운 것이 많은 서울을 좋아했다. 내가 서울을 싫어한다고 믿었던 건 서울에서의 삶이 자신과 맞지 않아 지방으로 가 버린 친구를 동경하고 있었다는 사실을 내가 마구잡이로 써 놓은 어떤 날의 일기를 통해 알게 됐다. 언제나 내 삶에 가장 적극적인 애정을 가지고 변화시키려는 사람은 내 자신이라는 사실도. 다만 우리는 쓰지 않아서, 기록하지 않아서 주인공인 자기 자신을 계속해서 잊어버린다. 인간은 망각의 동물이기에 기록하고, 들여다보고, 기억하지 않으면 잊어버릴 수밖에 없다.

처음엔 쉽지 않겠지만 매일 나의 하루나 오늘의 나를 글로 남기다 보면 조금씩 나와 친해진다는 걸 알 수 있을 것이다. 생각보다 스스로에 대해 모르는 게 많다는 것도. 어른은 이렇게 제일 잘 알아야 할 스스로를 가장 모른다.

　　자기 자신을 외면한 채 살다 보면 언젠가 마음속에서 몇 십 배로 커진 슬픔을 마주할지도 모른다. 더 늦기 전에 자신에 대해 일기를 써 보는 건 어떨까. 나는 어떤 음식을 가장 좋아하는지, 어떤 순간에 가장 행복해하는지, 나는 어떤 사람인지. 내일을 예측하고 계획하는 게 가장 중요해 보이는 순간조차도.

나에게 친절한 어른이 되고 싶어

Part 2.

칼퇴 하는 여잔 다 예뻐

회사원인 내가 웃는다. 칼퇴만으로도 나는 웃으며 회사를 다닐 예정이다. "부디 오늘도 무사히"라는 간절한 기도 따윈 필요 없는 아침을 맞을 것이다.

우와……한 어른 생활

수많은 경험으로 인해 쌓인 자신감만큼이나 커다란 공포증을 동반한 채 다시 회사원이 되었다. 느긋하게 행동했지만 꼭 2년 만에 다시 출근하는 아침, 설렘인지 두려움인지 모를 생소한 기분을 만끽했다. 나는 적응력이 좋다고 생각해 왔기 때문에 금방 적응할 거라 생각했다.

그런데 웬걸. 출근한 지 일주일이 되도록 정신이 없었다. 무엇보다 칼퇴근이라 불리는 정당한 나의 퇴근이 어색했다. 정시 퇴근을 조건으로 연봉을 반절이나 줄였지만 여섯 시 땡 하자 퇴근을 한 적이 재취업 이후 몇 번 없었기 때문에 아무도 주지 않는 눈치를 보게 됐다. 그럼에도 땡 하면 일어나는 패턴이 어서 익숙해지기를 고대하며 매일 정시 퇴근을 사수했다.

출근한 지 일주일이 지난 어느 날 이른 저녁에 친구를 만났다. 친구는 나를 보자마자 오늘따라 예뻐 보인다며 연신 사진을 찍어 주었다. 사진 속 내 모습이 마음에 들었다. 사진 속에는 마음껏 웃어 보이는 내가 있었다. 연봉이 지금보다 두 배나 높았지만 환하게 웃는 법을 잃은 채 살았던 과거의 나와는 달리.

친구와 밥을 먹고 회사 근처를 조금 걸었다. 초저녁 공기가 달큰했다. 연애를 하지 않아도 공기가 달달하다니, 초저녁 바람이 이렇게 시원하고 근사했다니, 초저녁이란 단어마저 사랑스러울 지경이었다. 친구와 헤어진 후 걷다가 버스를 타다가 하면서 느릿느릿 집으로 갔다.

집으로 돌아온 시간이 여덟 시 반, 비실비실 웃음이 새어 나왔다. 나 웃고 있니? 세상에! 돈은 못한 걸 정시 퇴근이 해냈다 싶었다. 나를 웃게 만들었다. 해가 밝은 시간에 귀가한 큰딸이 어색하다는 엄마의 표정도 나쁘지 않았다. 야근 후 새벽녘에 택시를 탈 때마다 엄마는 걱정이 되어서 잠이 오지 않는다고 했었다.

회사원인 내가 웃는다. 칼퇴만으로도 나는 웃으며 회사를 다닐 예정이다. "부디 오늘도 무사히"라는 간절한 기도 따윈 필요 없는 아침을 맞을 것이다. 때로 비가 내릴 수도 있겠지만 괜찮다. 그동안 다닌 회사는 거의 허리케인의 날개쯤에 존재했기에 때때로 내리는 장대비 정도는 조금 버텨 볼 생각이다.

그렇다고 오래오래 버틸 수 있게 해 달라는 기도는 하지 않을 것이다. 그저 하루라도 만족스럽고 즐거운 회사원일 수 있다면 언제든 내가 원할 때 그만둬도 된다는 마음의 숨구멍은 남겨둘 것이다.

나는 이제 야망도 욕심도 열심히도 없다. 회사원이지만 행복하게 내일도 웃을 것이다.

객관식 삶을 종료합니다

너무 많은 사람이 객관식 문제처럼 보기에 주어진 몇 가지 인생을 살아서 나도 그렇게 살아야만 할 것 같지만 인생은 객관식이 아니다. 나라는 오직 한 사람만의 이야기이며, 단 한 권의 책이며, 나만이 답할 수 있는 절대적 주관식 문제다.

어릴 때는 주관식 인생을 살았다. 주관이 뚜렷한 편이기도 했고 휩쓸리는 걸 극도로 싫어했다. 가성비와 순위에 갇혀 남들이 좋아하는 것 리스트에서 무언가를 고르는 게 자존심 상했다. 비싸고 인기 없더라도, 고집스럽다는 소리를 듣더라도 오롯이 내가 좋아하는 것들로 내 삶을 채웠다.

그랬던 내가 언젠가부터 휩쓸리기 시작했다. 오직 회사원으로 구성된, 명함을 빼고 나면 아무것도 남지 않는 내가 되고부터다. 출근, 퇴근만으로 지치는 날이 많아 모든 게 귀찮고 짜증났다. 가성비 리스트에 올라 있는 제품들을 사용하기 시작했고, 나의 취향을 파악하고 고민하는 것에 심드렁해졌다. 취미는 사라졌고 읽을 책 한 권도 '추천 리스트' 속에서 골랐다.

낭만으로 구성되었던 내 마음 곳곳에 피곤이 빼곡하게 채워졌을 무렵 회사원인 내가 무너졌다. 더 이상 회사를 다니지 못하겠다고 생각했을 때, 나라고 불리던 모든 것들이 희미해지고 있었다. 오직 회사원으로만 살아온 탓이었다. 스마트한 회사원으로, 디자이

너라는 그럴듯한 명함으로 잘 살아온 줄 알았는데, 회사원이라는 직업 하나가 없어지자 내 모든 세상이 사라졌다. 서른다섯, 이미 사람들이 늦었다고 말하는 나이였다.

회사원이 아닌 나를 상상만 해 봤지, 현실을 위한 준비나 계획조차 없이 마음의 벼랑 끝에서 회사원이라는 선택지를 포기했다. 잘하고 싶었지만 잘되지 않았고, 최고가 되고 싶었지만 평균에도 미치지 못했다. 객관식 보기에서 하나를 고르는 일은 언뜻 보기에 주체적인 일 같지만 사실 누군가가 만들어 놓은 선택지 안에 갇히는 일이다. 그 사실을 깨달은 건 모든 객관식 선택지를 포기한 이후였다.

회사원이기를 포기하고서야 비로소 여러 가지 모습으로 살 수 있다는 걸 알게 되었다. 회사라는 공간에서는 언제든 내가 쓸모 없는 사람이 될 수 있지만, 내가 원하는 일을 하는 공간에서는 스스로 그만두지 않는 한 내 자신이 하찮아지지 않았다.

　　너무 많은 사람이 객관식 문제처럼 보기에 주어
진 몇 가지 인생을 살아서 나도 그렇게 살아야만 할
것 같지만 인생은 객관식이 아니다. 나라는 오직 한
사람만의 이야기이며, 단 한 권의 책이며, 나만이 답
할 수 있는 절대적 주관식 문제다.

　　주어진 객관식 보기 중 꼭 하나만을 선택하지 않
아도 된다. 여러 개를 선택해도 되고, 내 인생의 답이
거기 없다면 선택하지 않아도 된다.
　　하나만을 선택하지 않아도 어떤 식으로든 내가
원하는 대로 흘러간다는 걸 알게 된 지금은 나 자신에
게 하나의 선택을 강요하지 않는다. 어떤 하나가 되어
야 한다고, 그 하나를 잘하는 사람이 되어야 한다고
나를 채찍질할수록 더 포기하고 싶어질 것이다. 보기
중 하나를 선택하는 것이 아니라 내가 할 수 있는 최
선을 다해 순간을 즐기는 것이 주관식 삶을 사는 방법
이란 걸 알게 되었으니까.

오늘 포털 메인에서 '소설 5' 탭을 클릭했다가 황급히 닫아 버렸다. 1번부터 5번, 그중 하나를 고르는 것은 편리하고 쉬운 일이지만 편리해지는 만큼 멀어지는 것이 있다. 그건 바로 나 자신과의 관계이다. 내 삶을 살아야 할 유일하고도 고유한 주체는 나 자신이라는 걸 항상 잊지 않으려면 누군가 골라 준 그럴듯한 보기에서 내 삶을 선택하는 횟수를 줄여야 한다.

이제부터라도 객관식 삶을 종료하고, 고민스럽지만 오직 나를 위한 작은 선택들을 해 나갈 예정이다. 오직 나를 위한 하루를 선택할 것이다.

뜨거웠던 순간들을 잊지 말아요

'자신이 좋아하는 일들을 순수하게 즐기는 모습'을 볼 때 나는 그 사람에게 반한다. 다른 사람들도 역시 내가 사랑하는 일들을 즐겁게 해 나갈 때 나에게 응원과 찬사를 아끼지 않았다.

　　어느 날 SNS에서 〈square〉라는 노래를 라이브로 부르는 영상을 보고 가수 '백예린'을 처음 알게 되었다. 노래하는 그녀의 모습이 너무도 행복해 보여 반복해서 보게 됐고, 눈물이 날 만큼 부러웠다. 그날의 원피스, 바람, 햇살, 공기, 날씨 그 모든 것들이 마치 그녀를 위해 존재하는 듯했다. 좋아하는 걸 한다는 건 이런 거구나, 그녀는 노래 부르는 걸 정말 좋아하는구나 하는 생각을 했다.

　　영상을 보는 내내 나도 모르게 미소 짓고 있었다. 그 순간에 푹 빠져 노래를 부르는 그녀의 모습만으로도 모든 것이 충분해질 만큼 좋았다. 이렇게 뜨거운 마음이 되는 순간이 언제였던가. 이제는 띄엄띄엄 드물어진 뜨거움을 몇 십 번이나 반복해서 보았다.

　　그 노래가 담긴 앨범을 구입하려고 찾아보니 아직 발매조차 되지 않은 노래였다. 기사를 찾아보니 노래를 불렀던 그날의 바람과 느낌을 스튜디오 녹음으로는 담을 수 없어 정규 앨범에 넣지 않았다고 했다.

놀라운 건 이런 생각을 하며 그 영상을 본 건 나만이 아니었다. 그날 그 공연에 있었던 사람들, 그 영상을 본 모든 사람이 감동하고 울컥하는 마음이 들어 영상을 자꾸 보게 된다고 했다. 노래 부르는 모습이 얼마나 즐겁고 행복해 보이던지 영상을 보는 내내 가슴이 두근거린다는 댓글도 있었다.

수많은 노래를 듣고 좋아했지만 과거의 감동들이 아주 작게 느껴질 만큼 새로운 감동이었다. 노래를 부르는 순간 다른 모든 것이 잊힐 만큼 커다란 행복감을 느끼는 한 사람을 우리는 그저 보고 있었을 뿐이다. 한 사람이 느끼는 즐거움과 행복이 가창력이나 안무 같은 것을 분석하고 따질 필요가 없게 만들었다. 두통을 유발하던 모든 분석을 멈추고 오직 그 장면에 몰입하게 만든 것이다.

많은 사람의 염원 덕분인지 얼마 후, 가수 백예린의 정규 앨범에 〈square〉라는 곡이 수록되었다. 팝, 재즈 위주의 음악 취향을 가진 내가 하루 종일 그녀의 노래를 들었다. 그녀가 노래 부르는 그 모습 하나로 나는 찐팬이 된 것이다.

　　팬이 된다는 건 '묻지도 따지지도 않고 대상을 인정하고 응원하는 마음이 생기는 것'이라고 생각한다. 내가 누군가의 진짜 팬이 된 건 고등학교 시절 젝스키스 이후 세 번째다. 두번째는 사람도 아닌 '펭수'라는 이름의 펭귄이다. 그 또한 '내 마음 내키는 대로'의 행동을 고수하는 유일무이한 매력에 이끌려 팬이 되었다.

　　생각해 본다. 내가 어떤 사람에게 반하는 순간, 누군가 나에게 매료되는 순간을. '자신이 좋아하는 일들을 순수하게 즐기는 모습'을 볼 때 나는 그 사람에게 반한다. 다른 사람들도 역시 내가 사랑하는 일들을 즐겁게 해 나갈 때 나에게 응원과 찬사를 아끼지 않았다.

　　어떤 것에 반한다는 건 이렇게, 어떤 대상을 순수하게 좋아하고 응원하는 내 자신조차 사랑하게 된다. 무언가를 응원한다는 자체만으로도 살아갈 이유가 생기기도 하고 힘이 생기기도 하는 건 어찌 보면 당연한 것일지도.

깊고 깊은 어른 생활의 골짜기에 들어서면서 조건도 이유도 없이 어떤 것에 반하는 순간이 급속도로 줄어든다. 가진 마음을 온전히 다 내주는 것에 인색해진 자신이 가난하게 느껴질 때 뜨거웠던 순간들을 떠올린다. 내가 열광했던 것, 내가 취해 있었던 것, 뜨거웠던 나의 마음들. 애써 뜨거워질 필요는 없다. 미지근한 것들은 그대로의 매력이 있다. 그러나 잊지는 말자 뜨거웠던 순간들을. 이제 다시 전처럼 뜨거워질 순 없다고 하더라도.

언제든 멈춰도 된다

내가 뭘 하든 나보다 잘하는 사람은 세상에 넘쳐나지만 내가 그 사람처럼 살 수는 없다는 걸 오랜 시간 달리기를 하면서 알게 됐다. 내 몸에 맞는 운동은 그 사람이 하는 운동과 다르고, 아무리 좋은 다이어트 계획이라도 나에겐 무용지물이라는 것을.

　　다이어트, 결정적으로 좋아하는 옷을 입기 위해서였다. 옷을 취향대로 고르는 게 아니라 오직 사이즈로만 고르다 보니 스트레스가 날로 심해졌다.

　　현재 한국 사회의 라지 사이즈는 옹졸하고 이기적으로 느껴진다. 그 이기심의 콧대를 높이는 데 한몫 하기가 싫어 빅사이즈 몰을 찾았지만 옷의 전반적인 상태가 좋지 않았다. 소재의 퀄리티가 떨어지는 것은 물론, 옷의 기본인 단추와 단추 구멍조차 맞지 않는 옷이 대부분이었다. 수선으로 될 것 같지 않아 30만 원어치의 옷 중 12만 원어치의 옷을 결국 버리게 됐다. 인간에게 가장 중요하다는 의식주 중 '의'로 인해 나날이 스트레스가 커져 가던 어느 봄날, 더 이상은 이렇게 살지 못하겠다고 생각했다.

　　맛있는 것을 포기한다는 건 삶의 의지를 잃는 것과 같다던 내가 내 삶 최고의 독기를 품었다. 독기가 가장 강력하던 어떤 날은 커피 한 잔으로 하루를 버티기도 했다. 그리고 매일 1만 2000보 이상을 걸어서 퇴근했다. 지하철로 다섯 역을 공복인 상태에서 미친 듯 걸었다. 집에 도착하면 닭가슴살을 먹었다.

　그렇게 한 달을 독기로 걸었지만 몸무게는 1킬로그램이 왔다 갔다 할 뿐 다이어트에 크게 도움이 되진 않았다. 내 삶 최고 수준의 다시없을 독기를 품었지만 영리하게 다이어트를 하는 사람들에 비하면 초짜였다. 더 강한 식단 조절과 강도 높은 운동이 필요했다.

　무작정 굶어 볼까 생각도 했지만 맛있는 음식을 먹는 것이 행복의 큰 비중을 차지하는 나에게는 무리였다. 하루 두 끼 닭가슴살 샐러드를 먹고 퇴근 후 3~5킬로미터를 걷다 뛰다 하는 게 내 다이어트의 최선이라 생각됐다.

　포기하지 않을 만큼만 힘들게 운동을 하고 가끔은 먹고 싶은 음식을 먹어 가며 식단 조절을 한 지 3개월, 여름이 왔다. 한국의 여름은 어느새 동남아와 같은 기후로 변했고 시도 때도 없는 비와 열대야 현상은 다이어트에 방해가 됐다. 20킬로그램을 뺀다는 건 그 어떤 스포츠만큼이나 전방위적인 자기와의 싸움이라는 것을 실감했다. 날씨, 계절, 식사, 약속, 관계, 휴가, 주말, 건강 등 일상의 모든 것들과 싸워야 한다. 세상에 아름다운 이별은 없듯 처절하지 않은 다이어트는 없다.

어느 날은 매우 독한 마음이 되었다가 어느 날은 피곤에 절어 다이어트고 나발이고 다 집어던지고 싶어지는 게 우리의 일상이 아닌가. 일상은, 다이어트를 하면서 힘드냐 그냥 힘드냐 두 가지로 나뉜다고 해도 이견이 없을 만큼 다이어트를 한다는 건 까다롭고 힘든 일이다. 자신과의 싸움을 매 순간 해내는 동시에 신물 나도록 오랜 시간 동안 지속해야 하는 일이다.

달리다가 숨이 멎을 만큼 차오를 땐 욕이 나오기도 했고 눈물이 나기도 했다. 하지만 지금 포기하면 또다시 아침마다 옷장 앞에 서서 눈물 나는 바지를 입어야 한다고, 계절마다 마음에 들지 않는 큰 바지를

사면서 나 자신을 원망하며 살아야 한다고 나를 자극
했다.

　　나는 무엇을 잘할 수 있는 무기로 '무식하게'를
사용한다. 똑똑하게 머리 쓰면서 하는 걸 피곤하게 느
낀다. 무릎이 좋지 않아 오래 걷기를 하고부터 통증이
날로 심해졌지만 무식하게 3개월간의 다이어트를 했
다. 목표한 20킬로그램 중 이제 겨우 3킬로그램이 빠
졌지만 내 무릎은 만신창이가 되었다.

　　운동이라고 마냥 좋은 게 아니었다. 운동은 자신
의 건강과 몸의 상황에 맞게 적당히 하는 게 좋다. 더
무리해서 뛰고 더 완벽하게 식이요법을 했다면 이미
10킬로그램은 빠졌을지도 모르지만 그건 내가 할 수
있는 일이 아니란 걸 3개월 동안 자신과의 싸움으로
알게 되었다.

　　나는 숨이 차면 멈춰야 하는 사람이다. 운동을 더
많이 하면 개운해지는 게 아니라 무릎 통증이 심해지
고 그로 인한 스트레스가 가중됐다. 내가 뭘 하든 나

보다 잘하는 사람은 세상에 넘쳐나지만 내가 그 사람처럼 살 수는 없다는 걸 오랜 시간 달리기를 하면서 알게 됐다. 내 몸에 맞는 운동은 그 사람이 하는 운동과 다르고, 아무리 좋은 다이어트 계획이라고 해도 나에겐 무용지물이라는 것을.

　　내일부터는 숨이 차지 않을 정도로만 달릴 것이다. 숨이 차서 힘들어지면 멈추면 된다. 그래야 다음 날 또 뛸 수 있다. 포기하지 않고 천천히 내 방식대로 살을 뺄 수 있다. 20킬로그램을 빼려면 20개월이 걸릴지도 모를 일이지만 무리하지 않는 선에서 나는 또 측면 돌파를 선택한다. 내일부터는 뛰든 걷든 그날의 컨디션에 따라 다이어트를 조절해 보기로 했다. 그리고 나 자신과 약속했다.

　　빗속은 달리지 않기.
　　잠시 운동을 멈춰도 나에게 화내지 않기.
　　굶을 게 아니라면 먹고 싶은 것은 맛있게 먹기.

군것질은 하지 않기.

언제든 멈추면 되는 나만의 다이어트처럼 삶도

숨이 차지 않을 정도로만 애쓰며 살기.

나의 사랑하는 딴짓

다른 사람의 발자국만 따르는 안전한 일상을 보내고, 아주 작은 실패조차도 '손해를 본다'고 생각해 아무것도 시작하지 않으면 손해는 보지 않겠지만 별다른 이득도 즐거움도 없을 것이다.

나의 가장 오래된 딴짓, 글쓰기로 첫 책을 냈을 때 이제는 글쓰기가 나를 먹여 살릴 거라는 환상에 빠져 있었다. 회사원인 나에게는 만족감이 낮았고 경력이 쌓일수록 내 자신은 텅 비어 갔기에 은근슬쩍 글쓰기에 나의 생계를 넘기려고 호시탐탐 기회를 노리고 있었다. 실제로는 운 좋게 겨우 출발선에 설 기회를 얻은 초보 작가였지만, '처음'이라는 단어의 마법 때문인지 책 한 권만 출간하면 뭔가 다른 인생이 펼쳐질 것만 같았다.

'작가님'이라는 호칭에 취해 나도 모르게 이런저런 꿈을 꿨지만 붕 뜬 기분은 그리 오래가지 않았다. 꽃이 지듯 행복한 감정도 금세 져 버렸고, 꽃이 지고 난 다음을 생각하지 못했던 나는 처음부터 다시 작가를 꿈꿔야 했다.

꽃이 진 자리에는 오염된 물과 꽃병, 그리고 져 버린 꽃을 버려야 하는 일만이 남아 있다. 꽃이 져 버린 후에도 일상은 계속되고 해야 할 일들은 그대로 남아 있다. 너무 아름다웠던 꽃과 향기에 도취되어 잠깐 잊고 있었던 회사원의 자아가 다시 선명해지던 즈음 뜨거운 여름이 가고 서늘한 바람이 불기 시작했다.

어느 노래 가사처럼 뜨거운 여름은 가고 남겨진 '글 쓰는 나'는 볼품없었지만, 다행인 건 이제 혼자가 아니었다. 잠깐이나마 꽃을 피웠었다는 기억과 언제든 다시 꽃피울 수 있는 또 하나의 자아가 생겨 든든했다. 딴짓 하나로 회사원 100%였던 나에게 숨쉴 구멍이 숭숭 트인 것이다.

퇴근 후 가끔 '작가님'이라고 불려지는 날에는 한낮의 뜨거웠던 회사원인 자아에 시원한 비가 내리는 것 같았다. 푸쉬- 하고 뜨거운 마음이 식고 나면 차분하게 다른 자아가 될 수 있었다. 100% 회사원이 아닌, 50% 정도의 회사원이 되었음을 직감했다.

100%가 욕을 먹는 것과 50%가 욕을 먹는 것은 다르다. 무려 절반이 아닌가. 이젠 한 대 얻어맞아도 예전보다 반 정도만 아픈 상태가 되는 것이다. 2019년 가을, 그렇게 여러 가지 삶으로 나를 분리했다. 앞

으로는 더욱 다채로운 딴짓을 하며 살겠다고 마음을 먹으며 겨울을 맞았다.

2021년 현재 나의 회사원 지분은 20% 정도다. 회사원 100%였을 때는 하루를 후회와 원망으로 채웠다면 지금은 아주 잠깐의 후회와 대부분의 희망으로 하루를 보낸다. 지금의 내가 가장 잘한 일은 글쓰기에 내 생계를 인계하지 않고 회사원인 내가 돈을 벌어 글 쓰는 나를 먹여 살리고 있다는 사실이다. 글 쓰는 내가 돈 걱정에 창조성을 팔아먹지 않도록, 글쓰기가 조금 더 오래 즐거운 딴짓이 될 수 있도록 든든하게 받쳐 주는 일 말이다.

단 하나의 자아에서 여러 가지의 자아로 나를 분리하는 일련의 과정을 겪은 후 좋아하는 사람들에게 이런 잔소리를 한다.

"제발 딴짓 좀 열심히 해! 위기에 빠졌을 때 내 손을 잡아 주는 게 바로 그 딴짓이라니까!"

　여러 가지 딴짓 중 내가 가장 사랑하는 딴짓으로 벌써 네 번째 책을 쓰고 있다. 얼마 없는 SNS 팔로워도 쑥쑥 줄고 있고, 조금 지치는 긴긴 여름의 끝자락이지만 항상 응원해 주시는 분들은 한 분 한 분이 선명하다.

　원고를 마감하고 편집과 삭제를 무한 반복해도 산 넘어 산인 게 책 한 권을 만드는 일이다. 하지만 퇴근 후 침대 모서리에 콕 박혀 몰두할 수 있는 '딴짓'이 있음에 해가 질 때마다 감사가 밀려온다. 모든 것에 감사하는 마음을 가지라는 자기계발서에 콧방귀를 끼곤 했던 나인데……. 내 하루를 감사히 여길 수 있게 해 준 건 단연 나의 사랑하는 딴짓들이다.

　단 하나가 아닌, 삶의 여러 가지에 초점을 두는 것이 언제나 좋은 결과만 낼 수는 없지만 우리에게 꼭 필요한 삶의 방식이라 생각한다. 예전에는 하나에 두각을 나타내지 못하고 이것저것 조금씩 얕게 아는 어중간한 내가 싫었다. 한 가지에 뛰어난 것만이 성공이라고 미디어와 사람들은 말했으니까.

　　한 가지의 성공만이 인생의 정답이 될 수 없는 시대가 된 지금은 다르다. 양다리, 문어다리가 되어 삶 여기저기 많이 들르고 발자국을 많이 내다 보면 빠르게 사라지고 변하는 시대의 어디 한 구석쯤 내 발자국이 남지 않을까? 다른 사람의 발자국만 따르는 안전한 일상을 보내고, 아주 작은 실패조차도 '손해를 본다'고 생각해 아무것도 시작하지 않으면, 손해는 보지 않겠지만 별다른 이득도 즐거움도 없을 것이다.

　　함께 보람을 느끼고 건강한 자존감을 가진 회사원이 될 수 있었던 것도 '딴짓'이라는 회사 밖 나만의 섬이 생긴 이후다. 입사와 동시에 퇴사를 계획하고, 점점 냉소적으로 변하는 나 자신을 미워하는 것으로 겨우 버티던 회사 생활은 지나간 불행임과 동시에 글쓰기의 재산이 되었다.

　　두 번째 책을 기획하던 날 밤에 세수를 한 후 거울을 보았다. 입꼬리가 올라간 즐거운 나를 마주한 게 얼마 만인지, 말끔한 나의 기쁨을 확인하며 생각했다.

'이제야 맘 붙이고 회사를 다닐 수 있겠군.'

유재석이 트로트계의 아이돌이 되었다고 해서 오직 전문 트로트 가수로 살게 되는 것이 아니라 더 인기 있는 유재석이 되는 것처럼, 퇴근 후에 만날 또 다른 내가 있다는 건 본캐에 마이너스가 아니라 플러스다. 딴짓을 하지 않으면 나의 부캐는 영원히 생기지 않는다. 그러니 제발, 딴짓 좀 열심히 하자. 나의 사랑하는 딴짓이 나에게 희망을 선물할지도 모른다.

외롭다고 말할 수 있는 용기

외롭다는 말을 나도 처량해 보이지 않게, 멋지게 해 보고 싶어졌다.
그렇게 말하면 왠지 외로움도 멋지게 승화되는 것 같은 느낌적인
느낌이랄까.

　　코로나 여파로 그렇지 않아도 바쁘지 않은 일상, 더욱 고요해졌다. 한편으로는 사람들을 만나지 않아서 복잡하지 않은 마음이 들면서도 부쩍 외롭다는 생각을 자주 하는 나를 발견한다. 하지만 왠지 외롭다는 말을 내뱉고 싶지는 않다. '외롭다'는 말을 입 밖으로 내뱉기 위해서는 생각보다 많은 논리와 용기가 필요하다. SNS조차도 솔직하게 올리면 인기가 없다. 수많은 행복이 전시된 속에서 우울한 여자로 낙인 찍히기나 하지.

　　어떤 드라마에서 사회적으로 크게 성공한 주인공이 혼자만 아는 장소에 앉아 있었다. 그녀를 좋아하는 남주인공이 그녀에게 물었다. "왜 여기 혼자 있어요?" 그녀는 대답했다. "그냥…… 외로워서."
　　포장되지 않은 여주인공의 솔직한 한마디와 그 배경이 두고두고 기억에 남는다. 그 외롭다는 한마디에 마음속 깊이 끄덕여짐과 동시에 멋있어 보였다. 타인의 시선을 의식하지 않고 당당히 외롭다고 말하는 모습이 어찌나 어른스러워 보이던지. 외롭다는 말을 나도 처량해 보이지 않게, 멋지게 해 보고 싶어졌다. 그렇게 말하면 왠지 외로움도 멋지게 승화되는 것 같은 느낌적인 느낌이랄까.

삶은 참 외롭다. 살다 보면 어느 순간 혹은 어떤 날들 내내 인간 본연의 외로움에 유기적인 외로움이 더해지고 인공적 외로움이 곱해질 때가 있다.

이렇게 말하긴 싫지만 안타깝게도 외로움은 마흔에 가까울수록 그 몸서리쳐지는 정도가 매번 새롭게 경신된다. 그러니까 언제나 나는 내 인생 최대치의 외로움에 도달할 것이다. 어쩌면 모두 겉으로 보기에는 외로움을 슬기롭게 즐기는 것 같아도 사실은 이십 대의 단순한 외로움과 다른 이 복잡하고 다양한 외로움을 견디느라 애쓰고 있는 중일 것이다.

외로운 순간 가장 위로가 되는 것은 역시 '나만 외로운 건 아니라는 걸 확인하는 것'이다. 결혼하고 아이 넷을 낳은 친구는 '남편이 있는데 외로운 게 가장 외로운 것'이라 했고, 어느 시인은 '살아 있으니 숨 쉬는 순간순간 외로운 것이 인간'이라 한다. 어차피 외로운 게 인간의 삶이라면 이 외로움에 이기려 들며 싸울 것이 아니라 차라리 받아들이고 함께 껴안아야 하는 게 아닐까.

'나의 외로움을 껴안겠다'고 쓰고 보니 어쩐지 마음이 푸근해지며 시골의 노을 지는 풍경이 떠오른다. 외로움을 껴안는다는 건 고요한 해 질 녘 인적 드문 평상에 혼자 누워 푸근한 저녁을 맞이하는 것이 아닐까.

나이를 먹으며 점점 더 외로워진다. 삶이 공허해지고 무의미해진다. 하지만 동시에 외로움을 껴안기도 하고 외롭다고 시원하게 말하기도 한다. 싫은 걸 싫다고 말하면 마음이 조금 누그러진다는 드라마의 대사처럼, 어느 여주인공의 "외로워서"라는 말 한마디가 내 마음속에 바람을 일으켰다. 내 마음을 통과해

시원하게 반갑다.

　나는 이렇게 나이를 먹고 있다. 외롭지만 조금 너그럽고 마음의 구멍을 메우려 애쓰기보다 그사이로 부는 바람을 즐기게 되었다. 가끔 예전처럼 붉게 달아오른 마음을 발견하면 화가 나면서 반갑기도 하다. 아직도 가끔 뜨겁다고.

　드라마와는 다르게 나만의 공간을 찾아내 여기서 뭐하냐고 묻는 멋진 남자는 아직도 나타나지 않았다는 게 외로움을 조금 증폭시키긴 하지만 뭐 어쩌랴. 그건 내 노력 밖의 일이다. 인연을 실로 엮을 수도 없지 않은가. 내가 노력할 수 있는 건 노력하고, 외로울 땐 외롭다고 웃으면서 말하는 그런 어른이 되어 가고 있다.

당신의 따뜻한 꿈으로

어른이 되었다는 생각이 들 무렵부터 이루어지지 않을 꿈들은 더 이상 마음에 품지 않았다. 꿈을 품는 데 돈이 드는 것도 아닌데, 생각만인데도 이루어지지 않을 일이라고 꿈을 내치기만 했다. 따뜻한 꿈을 점점 잃는 차가운 어른이 되어 가고 있는 것이다.

나에게 친절한 어른이 되고 싶어

 과학자, 연예인, 디자이너, 선생님, 판사……. 어릴 적 누구나 한 번씩 꿔 보는 꿈들이다. 요즘 어린이들의 꿈 리스트에는 유튜버나 건물주가 추가되었다고 한다. 나도 막연하게 마음에 품었던 꿈이 있다. 아나운서와 라디오 디제이. 주로 말하는 직업에 대한 꿈이 있었던 나는 또박또박 말하고 침착하게 의미를 잘 전달하는 사람이 롤 모델이었다.

 십 대부터 삼십 대 초반까지 줄곧 '그런 사람이 되고 싶다'의 '그런 사람'을 담당해 준 것은 '말을 논리정연하게 하는 사람'이었다. 그런 꿈을 마음에 품고 오래 살았더니 꿈이 이루어지진 않아도 어릴 적부터 꿈꿔 오던 사람에 닮아 가는 걸 느낄 때가 많다.

 내가 말을 조리 있게 잘한다거나, 논리정연하게 말을 해 설득이 잘 된다고 하는 사람들의 이야기를 들을 때마다 신기했다. 꼭 꿈을 이루겠다고 한 것도 아닌데 그저 꿈을 따뜻하게 품고 있었더니 진짜 롤 모델에 가까워진 것 같았다. 돌이켜 보면 부러 노력하진 않았지만 무의식 중에 그런 사람이 되려고 자연스레 소소한 실천을 해 왔던 덕이다.

　어른이 되었다는 생각이 들 무렵부터 이루어지지 않을 꿈들은 더 이상 마음에 품지 않았다. 꿈을 품는 데 돈이 드는 것도 아닌데 생각만인데도 이루어지지 않을 일이라고 꿈을 내치기만 했다. 따뜻한 꿈을 점점 잃는 차가운 어른이 되어 가고 있는 것이다.

　길을 걷다가 문득 거울에 비친 내 얼굴을 보고 새삼 느낀 건, 이제는 거울조차 자세히 들여다보지 않는다는 사실이다. 거울에 비친 나를 몇 초간 찬찬히 바라보며 오늘도 내쳐 버린 꿈을 하나 떠올렸다.

　'N 작가님 같은, 사람의 마음을 다루는 글을 쓰고 싶다.'

　이런 생각이 들 때마다 나는 절대 그런 글을 쓸 수 없을 거라고 고개를 저으며 꿈을 떨쳤다. 꿈을 품는 건 충분히 해 볼 수 있는 일이고, 마음에 품었다면 지금쯤 닮아 있을지도 모를 일인데 말이다.

꿈꾸는 게 법을 어기는 일도 아닌데 언제부턴가 따뜻한 꿈 하나 마음에 품지 못했다. 이제부터라도 다시 마음에 따뜻한 꿈 하나 품기로 한다. 어느새 그 꿈에 닿아 있을 미래의 나에게 희망을 걸면 적어도 일상의 온도가 조금은 올라가겠지.

꿈이 뭐냐는 질문을 아이들에게만 하는 것은 심심하다. 언젠가부터 나는 어른들에게 이런 질문을 하곤 한다.

"OO 씨는 꿈이 뭐예요?"

당황해하는 사람, 진지하게 생각해 보는 사람, 웃는 사람 등 반응은 다양하지만 따뜻한 질문임에 틀림없다. 왜 그런 질문을 하냐고 화를 내는 사람은 없었으니까. 잠깐이라도 우리, 자신이 결코 되지 못할 거라 생각했던 '꿈'에 대해 생각해 보는 건 어떨까.

꿈은 이루어진다는 말을 더 이상 믿지 않게 된 현실적이고 냉랭한 어른 생활을 보내고 있지만 하나는 장담할 수 있다. 이루어지진 않을지라도 가까워지기는 한다. 당신의 따뜻한 꿈으로 점점.

당신이 자신을
의심하지 말았으면 해요

다른 사람들이 하는 말만 듣다 보면 나만 빼고 다들 잘나가는 것 같아서 내가 잘못 살고 있다는 느낌이 들 때가 많다. 그때 순간적으로 막막함에 빠지며 자신을 의심하게 된다. 내가 잘할 수 있을지, 저 사람들이 하는 말을 들어야 하는 건 아닌지…….

　　코로나 바이러스 영향으로 올림픽이 1년 연기되는 유례없는 일이 일어났다. 4년 동안 그 순간만을 기다린 선수들 입장에서는 1년을 더 기다려야 한다는 사실에 좌절감만큼이나 절박감이 더해지지 않았을까 감히 상상해 봤다. 그렇게 1년을 더 기다리고 드디어 올림픽이 개최되어 각자의 경기에 임하는 선수들을 보니 어떤 영화보다도 더 뭉클했다. 사회적 거리두기가 4단계로 격상됨에 따라 누구 한 사람을 만나는 것조차 고심에 고심을 해야 하는 상황에 국가 대표 선수들의 도전과 노력을 지켜보는 것은 사막에 부는 귀한 바람처럼 수많은 사람의 한여름 뜨거움을 식혀 주었다.

　　코로나 바이러스라는 인류 최대의 난제를 겪고 있어서인지 끝없는 관문을 넘어 또다시 치열한 경쟁을 해내는 선수들을 보며 새삼스레 그 떨리는 마음들이 와닿았다. 특히 다양한 경기에서 출발선상에 선 선수들의 긴장한 모습이 인상깊었다. 사람들의 시선을 받으면서 눈앞에 맞닥뜨린 큰 도전을 홀로 감당해야 한다는 압박감이 가장 큰 순간이다. 과연 잘할 수 있을지, 지금이라도 포기해야 하는 건 아닌지 등등 마음속 우려들을 다스리고 과감히 도전해야 하는 선수들의 순간들을 보며 울컥한 마음으로 경기들을 시청했다.

우리가 사는 평범한 삶 속에도 자신을 믿고 도전해야만 하는 결정적인 순간들이 있다. 비록 한 국가를 등에 업은 명예롭고 큰 경쟁은 아니지만 각자의 삶에서는 올림픽보다도 극적인 순간이다. 올림픽 메달을 향해 출발선상에 선 국가 대표 선수들처럼 내 삶이라는 경기의 대표로서 자신을 믿고 최선을 다해 매번 뛰어야 할 유일한 사람은 단 하나, 내 자신이니까.

올림픽에서도, 삶에서도 메달을 따는 것이 목표일 때가 많겠지만 중요한 건 메달을 따기로 결정하고, 연습하고, 도전하고, 실패나 성공의 맛을 보기까지의 모든 순간들이다. 찰나라도 자신을 의심하면 지금까지 한 노력이 무의미해지니까 어떤 결론이 날 때까지 묵묵하게 스스로를 믿고 가는 것이 가장 중요하다. 그 과정에서 나와 한마음으로 가는 사람을 제외한 수많은 타인의 말에 흔들리는 일을 가장 경계해야 한다. 무수한 타인의 말들은 나뭇잎을 스쳐 가는 바람처럼 어떤 것과도 무관한 현상일 뿐이니까.

　　사람들이 자신을 의심하지 않았으면 좋겠다. 다른 사람들이 하는 말만 듣다 보면 나만 빼고 다들 잘 나가는 것 같아서 내가 잘못 살고 있다는 느낌이 들 때가 많다. 그때 순간적으로 막막함에 빠지며 자신을 의심하게 된다. 내가 잘할 수 있을지, 저 사람들이 하는 말을 들어야 하는 건 아닌지, 뭔가 잘못하고 있는 건 아닌지 하는 것들. 극한 상황 속에서 생기는 우려 그 모두를 묵묵히 견디고 또다시 출발선상에 서는 올림픽 국가 대표 선수들을 떠올리며, 자신을 의심하지만 않으면 어떤 위기나 어려움도 이겨 낼 수 있지 않을까 하고 생각했다.

　　국가 대표 선수들이 어려운 환경 속에서도 자신

을 믿고 다음을 준비하듯, 나도 자신을 의심하지 않고 나의 생각대로 계속해서 가 보기로 했다. 이유 따윈 없다. 나답게, 무식하게 그냥 믿는 거다. 내가 글쓰기를 선택한 것, 앞으로 더 잘 쓰게 되리란 것, 작가로 살게 될 거란 것, 내가 원하는 대로 살 것이며 그것이 정답이라는 것.

나를 의심하면 소소하게 자주 무너진다. 자신을 의심하는 말은 세상 어디에도 도움이 되지 않는다. 단지 조금 날카로운 말로 자신에게 상처를 내는 자극에 지나지 않는다. 적어도 자신을 의심하지 않으면 막막한 순간에 무너지지는 않을 것이다. 나 자신이 앞으로 잘하리란 걸 무조건 믿을 테니까.

밥 같이 먹자는 말

고단한 시기에 놓인 사람, 힘든 사람, 외로운 사람을 만나면 일단 "밥 같이 먹자"고 말한다. 왜 고단한지, 왜 힘든지 묻거나 조언할 생각 같은 건 잊고 그냥 밥 한 끼 같이 먹는 거다.

고등학교 때 하굣길에 돈이 없어 떡볶이 차를 배회하던 한 꼬마를 본 적이 있다. 지나치려던 순간 그 꼬마에게서 나보다 열 살 어린 내 동생이 보였다. 신발주머니가 자기 몸집만 한 우리 꼬맹이도 어디 가서 떡볶이가 먹고 싶으면 어떡하지 생각하니 발길이 떨어지지 않았다. 발걸음을 돌려 그 꼬마에게 떡볶이 한 컵을 사 주며 '우리 꼬맹이가 어디선가 떡볶이가 먹고 싶으면 누군가 이렇게 사 줬으면 좋겠다'고 생각했다.

집으로 돌아가 우리 집 꼬맹이를 보고는 반가워서 돈 천 원을 쥐어 주며 "너 밥은 먹었어?"라고 물었다. 나는 그때 어른들의 "밥은 먹고 다니냐?"라는 말에 담긴 애틋한 마음을 어렴풋이 느꼈다.

마지막 지하철을 타는 것이 가장 빠른 퇴근이었던 시절이 있었다. 외근이었고 생각보다 일이 늦게 끝났고, 집까지 한 시간도 넘게 걸리는 곳에서 마지막 지하철을 탔다. 늦은 시간의 지하철은 언제나 고단하다.

앉을 자리를 찾다가 깊은 잠에 빠진 한 할아버지의 맞은편에 앉게 되었다. 하루치의 고단함이 할아버지의 고개를 자꾸 떨어뜨렸다. 머리를 아래로 떨굴 때마다 모자가 떨어질 듯 말 듯 아슬하게 매달려 있었다. 작업복으로 보이는 할아버지의 옷 여기저기에도 고단함이 묻어 있었다. 모자만큼이나 간신히 얼굴에 걸려 있는 안경은 심하게 기울어져 있었다. 안경테가 또 부러지지 않길 바라는 마음만큼 두껍게 감겨진 하얀 테이프 때문에 균형이 맞지 않는 안경이 반복적으로 흘러내렸다.

점퍼 양쪽 주머니에는 단팥빵 서너 개가 불룩하게 들어 있었는데 할아버지가 고개를 떨굴 때마다 리듬을 타듯 자꾸 계속해서 빵이 하나씩 삐져나왔다. 잠결에도 자꾸 주머니에서 탈출하려는 빵을 주섬주섬여며 보지만 불룩한 주머니는 할아버지의 마음도 모르고 계속해서 양쪽으로 하나씩 단팥빵을 밀어냈다.

열 정거장쯤 지났을까. 할아버지가 후다닥 일어

나 닫히려는 문을 재빨리 통과했다. 너무 급하게 내린 탓에 할아버지 모자가 열차의 닫힌 문 안으로 툭 떨어졌다. 할아버지는 바깥에서 문을 두드렸고 나는 모자를 주워 들었다. 어떡하지 하고 고민하던 순간 다행히 지하철 문이 다시 열렸고 할아버지는 지하철 안으로 급히 들어오셨다. 알고 보니 잠결에 잘못 내리신 것이다. 할아버지 손에 모자를 쥐어 드리고 다시 내 자리로 돌아왔다.

나는 그때 막연하게 할아버지께 밥 한 끼 사 드리고 싶다는 생각을 했던 것 같다. 실제로 그러지는 못했지만 마음만은 그랬다.

그 할아버지에게서 아빠가 보였다. 젊은 시절 그리 돈이 되지 않는 표구 기술자로 오래 일하다가 새로이 조경일을 시작하고부터 저녁마다 남들의 스무 배쯤 고단함을 묻혀 오시는 나의 아빠. 아빠도 10년 후 맞은편 할아버지와 같은 모습일 수 있다고 생각하니 또 짠한 마음이 되었다.

아빠는 자신의 티셔츠 하나 사 입는 걸 허락하지 않았다. 제발 그러지 말라고 아무리 말해도 아빠는 현장에서 먹는 초코파이 하나도 늘 집으로 가져왔고 결국 모든 먹거리는 다 우리들 입으로 들어왔다. 아빠의 일도 작업복을 입고 안전화를 신는 일이라 여름이 되면 사람이 그렇게 까매질 수 있나 싶을 만큼 뜨거운 볕에 그을렸다.

현장에서 하는 일이라 크고 작은 사고도 잦았고 작업복과 안전화에는 늘 먼지가 가득했다. 한번은 포클레인에 얼굴을 부딪혀 응급차를 타고 병원으로 실려 가기도 했다. 나는 아빠를 닮아 머리숱이 많은데 아빠의 머리숱은 안전모 탓에 날로 줄어 갔다. 그래서 아빠의 어느 해 생일에 모자를 선물하기도 했다.

태생이 오지랖형이라 이렇게 종종 세상을 향해 짠한 마음이 되곤 한다. 특히 내가 고단할 때는 세상 모든 사람이 내가 아끼는 사람들처럼 보일 때가 많다. 그날 지하철 맞은편 할아버지가 어찌나 아빠 모습 같던지 자꾸만 주머니 밖으로 나오려는 단팥빵 세 개가 마음에 걸려 눈을 뗄 수가 없었다.

　나중에야 알게 된 사실은 이렇게 자주 마음대로 짠해지는 내가 공감력이 높다는 것이다. 심리학을 전공한 친구의 제멋대로 상담이기는 했지만 오지랖이 넓다는 말보다는 공감력이 좋다는 말이 좋아서 그렇게 믿어 왔다.

　김윤아의 〈Going Home〉이라는 노래가 있다. 나에게 하루의 고단함이 찾아올 때면 가장 쉽게 위로를 받는 방법이 이 노래를 듣는 것이다. 나는 그때 마지막 지하철을 자주 타야 하는 내 상황이 너무 고단했고, 세상 모든 게 짠하고 고달팠다. 내가 고단해져야만 타인의 고단함이 느껴지고, 내가 슬퍼져야만 타인의 슬픔에 공감할 수 있다는 걸 그날 지하철에서 알았다.

　밥 한 끼 사 드리고 싶었던 할아버지를 보내고 열몇 정거장을 지나는 동안 나는 이 노래를 들었다. 밥을 사 주고 싶다는 말은 그러니까, 그 사람의 입장이 되어 보겠다는 말이다. 함께 밥을 먹으며 당신의 말을 조용히 듣기만 하겠다는 말이다.

그날 이후 나는 내가 그랬던 것처럼 고단한 시기에 놓인 사람, 힘든 사람, 외로운 사람을 만나면 일단 "밥 같이 먹자"고 말한다. 왜 고단한지, 왜 힘든지 묻거나 조언할 생각 같은 건 잊고 그냥 밥 한 끼 같이 먹는 거다. 그러고는 오래전 지하철에서 들었던 이 노래를 들으며 집으로 간다.

"집으로 돌아가는 길에 지는 햇살에 마음을 맡기고 나는 너의 일을 떠올리며 수많은 생각에 슬퍼진다.

우리는 단지 내일의 일도 지금은 알 수가 없으니까 그저 너의 등을 감싸 안으며 다 잘될 거라고 말할 수밖에. (중략)

내일은 정말 좋은 일이 우리를 기다려 주기를 새로운 태양이 떠오르기를 가장 간절하게 바라던 일이 이뤄지기를 난 기도해 본다."

삶의 숨겨진 목록

나에게 행운을 가져다준 것은 '해야 하는 일'이 아니라 오히려 '나도 모르게 즐겼던 사소한 일'이었다. 내가 못하고 부족한 것들만 잘하려고 애쓰느라 이미 해 오던 것들의 대단함을 알지 못했던 것이다.

나에게 친절한 어른이 되고 싶어

　"왜 영어를 잘하고 싶으세요?"

　영어 회화를 배우기 위해 찾아간 학원에서 외국인 강사가 한 질문이다. 그러게, 나는 왜 영어를 잘하고 싶을까? 잘하고 싶다고만 생각했지 내가 왜 영어를 하고 싶어하는지에 대해 생각해 본 적이 없었다. 그러고 보니 디자이너로서, 캘리그래피 작가로서, 글쓰는 작가로서도 사람들에게 자주 되물었다. 누군가 막연히 디자인을 잘하고 싶다거나 글씨를 잘 쓰고 싶다고, 혹은 글은 어떻게 쓰는 거냐는 큰 덩어리의 질문을 하면 나는 그들에게 먼저 되묻는다.

　"구체적으로 어떤 디자인을 어떻게 잘하고 싶어? 예를 들면 아기 앨범을 잘 꾸며 주고 싶어? 아니면 사진 보정을 위한 포토샵을 잘하고 싶은 거야?"

　"캘리그래피는 부업으로 하고 싶으세요? 아니면 글씨를 교정하고 싶은 거예요?"

　"글이 왜 쓰고 싶으세요? 작가가 꿈이세요? 혹시 독립 출판에 관심이 있으세요? 영감을 받은 책이나 글이 있나요?"

족집게 과외처럼 원하는 대답을 들려주기 위해서는 먼저 질문이 정확해야 한다. 만약 질문을 이렇게 했다면 나는 원하는 대답을 해 줄 수 있을 것이다.

"온라인으로 내가 만든 걸 팔기 시작했어. 상품이 돋보이게 사진을 찍을 수 있는 팁이 없을까?"

아직 무언가를 시작하지 않은 사람들은 막연하다. 하고는 싶은데 뭐부터 해야 할지 몰라 무작정 묻는다는 게 "디자인 감각은 타고나야 하지? 나도 디자인 잘하고 싶은데"라는 식이다. 이럴 때 나는 대답 대신 다시 질문을 할 수밖에 없다. "네가 생각하는 디자인이 뭔데?"

좋은 대답을 해 주기 위해 다시 질문을 했을 때 "그냥 좋아서"라는 대답도 많이 듣는다. 나도 그냥 영어를 잘하고 싶었으니까. 그런데 생각해 보면 진짜 어떤 일을 좋아하는 사람들은 배우러 가기 전에 이미 그것을 하고 있다. 자전거가 너무 타고 싶으면 일단 자전거를 사는 것처럼, 그림이 너무 그리고 싶으면 눈앞에 있는 볼펜으로 포스트잇에 그림을 그리는 것처럼.

물론 각자 다른 환경과 상황이 있다. 너무 좋아해서 당장 하고 싶지만 피치 못할 사정이 있는 경우도 있다. 그런 드문 경우를 제외하고는 주변을 둘러보거나 책 속을 찾아봐도 무언가를 좋아하는 사람들은 이미 그것을 하고 있다. 그런 사람들은 이런 질문을 한다. "글을 쓰는 게 좋아서 요즘 매일 글쓰기를 하고 있어. 글을 써 보니 나 말고 다른 사람들은 어떤 순서로 글을 쓰는지가 궁금해지더라. 너는 제목부터 정하고 글을 써?"

나는 아마도 영어를 못하는 이유로 "아직 제대로 배우지 않아서"라는 핑계가 필요했던 것 같다. 살만 빼면 엄청 예뻐질 것 같다는 종류의 '아직 하지 않은 자'의 흔한 착각이다. 아직도 엄마들의 단골 멘트라는 "우리 애가 노력을 안 해서 그렇지, 하면 잘해요"도 같은 종류의 착각이 아닐까. 공부를 잘하는 아이들은 이미 공부를 하고 있다.

영어를 항상 '해야 하는데'의 카테고리에 넣어 두고 살아온 세월만 20년 남짓. 몇 년 전 그 외국인 강사의 한마디가 아니었다면 아직까지도 나는 1년에 몇 번씩 영어학원에 등록했을지 모른다. 그 일을 계기로 정말 하고 싶은지도 모른 채, 해야 한다는 카테고리 안에 있는 것들을 꺼내 보았다. 영어, 디자인, 캘리그래피, 다이어트, 피부 관리, 운전, 결혼, 좋은 사람 되기, 자랑스러운 딸 등등. 이것들 중에 그나마 내가 잘하게 된 건 해야만 해서 오랫동안 해 왔던 '디자인'밖에 없다. 영어도 다이어트도 좋은 사람도 해야 한다는 생각뿐이었지 실천하지 못한 것들이다.

나에게 영어를 잘하는 게 정말 필요한 일인지, 지금 당장 누가 뭐래도 시작하고 싶을 정도로 좋아하는 일인지 생각해 봤다. 아주 오랫동안 '잘해야 한다'는 흐릿한 목표로 찜찜하게 마음에 남아 있었을 뿐, 필요하지도 좋아하는 일도 아니었다. 그렇게 하나의 리스트를 제거하고 나니 마음이 조금 가벼워졌다. 이렇게 쉽게 가벼워질 일을 왜 그토록 버리지 못하고 살아왔던 건지.

피부 관리도 목록에서 지웠다. 거기에 많은 돈을 투자할 만큼 경제적 여유가 있는 것도 아니고 거기에 시간과 노력을 투자할 자신도 없었다.

좋은 사람이 되는 것과 잘난 딸이 되는 것도 목록에서 지웠다. 좋은 사람이라는 건 되어 주는 게 아니라 그냥 내가 좋아지면 된다는 걸 알았고, 훌륭한 딸이 되는 건 이미 오래전에 망한 일이다.

그렇게 목록을 정리해 보니, 나에게 행운을 가져다준 것은 '해야 하는 일'이 아니라 오히려 '나도 모르게 즐겼던 사소한 일'이었다. 내가 못하고 부족한 것들만 잘하려고 애쓰느라 이미 해 오던 것들의 대단함을 알지 못했던 것이다. 글쓰기, 좋은 책 고르기, 익숙한 것 낯설게 보기, 사소한 것 자세히 보기, 해야 할 감사를 미루지 않기, 필요 없는 것 사지 않기. 나에게 기쁨과 작은 성공의 기분을 느끼게 해 준 것은 내가 이미 하고 있던 아주 사소한 일들이다.

　　글쓰기를 통해 나는 다시 겪지 못할 즐거운 경험들을 하게 되었고, 좋은 책을 골라 정독한 덕분에 주변 지인들에게 '좋은 문장을 잘 인용하는 사람'이라는 이미지를 갖게 하였다. 익숙한 것을 낯설게 보며 조금 느리게 살아온 덕분에 일상 속 사소한 것들에 대해 글을 쓸 수 있었고, 사소한 것을 자세히 본 덕분에 그런 것들이 우리 삶을 지탱한다는 것을 알게 되었다.

　　하고 싶은 일은 '해야 할 것'의 목록에 포함될 수 없다. 진짜 하고 싶은 일은 '무조건'이나 '무식하게'의 목록에 포함되어 있다. 이 목록은 숨겨져 있어 '숨겨진 목록 보기'를 하지 않는 이상 알아차리지 못할 수도 있다. 어쩌면 우리가 잘하게 되는 것은 이 숨겨진 목록에 있을지도 모른다. 당신의 숨겨진 목록에 있는 것들을 하루 빨리 알아차리고 꺼내 보길 바란다. 때로는 숨겨진 그 목록 속에 엄청난 다음 인생이 준비되어 있을지도 모른다.

오늘은 정말 우울한 날이었어

우울한 날마다 나는 주문을 외운다. 오늘은 조금 시니컬한 날이었다고, 그런 날도 있다고 생각해 버리고 잠든다. 다음 날 아침이 되면 우울의 사이즈가 조금 줄어들어 있다.

우와……한 어른 생활

우울해하는 나를 원망한 날이 많다.

타인에게 자주 미안해하는 나 자신에게 야유를 퍼붓곤 했다.

실수를 자주 하는 나를 못마땅해했다.

참을성이 없는 내가 부끄러울 때가 많다.

유연하지 못한 내 모습이 마음에 들지 않아 눈물이 나곤 한다.

결정을 잘 내리지 못하고 망설이는 내가 밉다.

전반적으로 나는 나의 부족함에 인색한 편이다. 이것은 나의 본능일 수도 있겠고, 자신에게 인색하게 굴어 온 오랜 습관일 수도 있다. 중요한 건 자신에게 인색한 태도가 그리 잘못된 것은 아니라는 사실이다. 왜 우리는 타인에게만 친절하고 자신에게는 인색해지는 걸까?

놀라울 만큼 편리한 것들이 넘쳐나는 초속도 발전의 현시대, 주변을 둘러보면 동시대를 살면서도 눈부신 성공을 이룬 사람들을 너무도 쉽게 볼 수 있다. 세계 제1의 부를 이룬 사람과 나를 비교하지는 않겠지만 내가 만나고 이야기 나누는 사람과는 손쉽게 비교가 가능하다. 저 친구는 나와 동창인데 나와 다른 세상을 사는 것 같아서 급속히 초라해진다. 또 다른 지인은 또래지만 이미 오래전에 인플루언서가 되었다. 나도 열심을 쏟아부었지만 이루지 못한 바로 그 이름들을 다른 사람들은 쉽게 거머쥐는 것 같아 초라해지고 시무룩해지는 날들이 많다. 내 힘으로는 어쩔 수 없는 것들과 맞닥뜨렸을 때, 노력을 했지만 기대했던 결과를 얻지 못했을 때, 타인과의 비교에서 내가 작아질 때.

한낮의 경쟁에서 좋지 않은 결과 때문에 마구 우울한 마음이 들었던 어떤 밤, '휴, 오늘은 정말 우울한 날이었어'라고 내뱉으며 잠자리에 들었던 적이 있다. 신기하게도 조금 전 중얼거렸던 그 말이 마치 어떤 주문이었던 것처럼 우울한 마음이 한결 나아졌다. 우울

해진 나를 그대로 받아들이고 '설마 내일까지 우울하
겠어? 잠이나 자자' 하고 생각했던 게 효과가 있었다.

그 후로 우울한 날마다 나는 주문을 외운다. 오늘
은 조금 시니컬한 날이었다고, 그런 날도 있다고 생각
해 버리고 잠든다. 다음 날 아침이 되면 우울의 사이
즈가 조금 줄어들어 있다. 만약 다음 날에도 우울감이
줄어들지 않는다면 그건 더 쉬어야 하거나, 생각을 더
줄여야 한다는 신호다.

"오늘은 정말 우울한 날이었어."

이 말은 언뜻 보기에는 기운이 빠지는 말 같지만
사실은 그 반대다. 내일은 우울하지 않을 거라는 뜻이
다. 자주 우울한 날들이 반복되곤 하겠지만 그런 날을
제외한 많은 날은 괜찮을 거라는 말이기도 하다. 그러
니 별일이 아니라고, 우울한 날이 있어도 괜찮다는 말
이다. 가끔 우울한 날에는 이렇게 말해 버리자.

"휴휴, 오늘은 정말 우울한 날이었어. 그러니 잠
이나 자야겠다."

나를 기특하게 여길 것

내가 나를 위로할 때는 진짜 어른이 된 것 같다. 열아홉 그때의 나와, 예쁜 노을을 보며 나를 돕는 사람을 떠올린 서른두 살의 나와, 오늘의 나를 두루 위로할 줄 아는 내가 기특해진다.

우와……한 어른 생활

어릴 때부터 메모가 습관이라 사용하는 소지품 여기저기에서 메모들이 발견되곤 한다. 20년 전 같은 반 친구와 주고받았던 쪽지부터 지금까지 보관되거나 혹은 우연히 발견되는 메모들 속에는 그 순간의 내가 담겨 있다. 글이라는 건 이렇게 찰나의 나를 기록하는 일이라서 습관처럼 메모를 하는 내가 고마울 때가 많다. 특히 이런 메모를 발견하면 과거의 내가 현재의 나를 위로하는 기분이 든다.

네 탓 내 탓 구분하는 일에 열을 올리지 말 것.
내 앞에 벌어진 일을 담담하게 해결하려 노력할 것.
내가 하는 행동을 부끄러워하지 말 것.
나와 관련되어 내가 결정하는 일은 모두 옳다는 것을 믿고 또 믿을 것.
자신에게 잘 모르는 타인처럼 굴지 말 것.
지금의 나를 무조건 믿고 위로해 줄 것.
나를 돕는 사람의 도움을 기꺼이 받을 것.
나를 돕는 사람을 소중히 여길 것.

오늘만의 완벽하게 아름다운 노을을 보며 생각해 보기.

내가 나를 위로할 때는 진짜 어른이 된 것 같다. 열아홉 그때의 나와, 예쁜 노을을 보며 나를 돕는 사람을 떠올린 서른두 살의 나와, 오늘의 나를 두루 위로할 줄 아는 내가 기특해진다. 자신을 기특해할 줄 아는 어른이 진짜 어른이다.

곧 맛있는 사과를 먹게 될 것이다

맛없는 음식을 먹음으로 맛있는 음식이 더 맛있게 느껴지듯, 맛없는 관계를 통해 나의 취향과 필요를 파악할 수 있다. 맛이 없는 음식을 돈이 아깝다는 이유로 계속 먹으면 결국 제일 힘들어지는 사람은 자신이다.

언젠가 만 원에 사과 일곱 개를 샀는데 그중 절반이 썩어 있었다. 처음 집어 든 사과에서 썩은 부분을 도려내다가 혹시나 싶어 다른 사과들도 확인했더니 상한 사과가 세 개나 더 있었다. 짜증이 났다. 되는 일도 없는 요즘 왜 내가 고른 사과까지 반이나 썩어 있는 것인가!

"왜 나에게만 이런 일이!"

누구나 한 번쯤 이런 생각을 해 봤을 것이다. 나만 운이 따라 주지 않는 것 같고 삶이 나에게만 가혹한 것 같은 느낌이 들 때.

맛없는 음식을 연이어 먹었다고 식음을 전폐할 수는 없다. 운이 따라 주지 않는 나를 탓하기만 할 게 아니라 그럴 때일수록 더 맛있는 음식을 찾고, 먹어야 한다. 연이어 맛없는 음식을 먹게 된 것은 내 '잘못'이 아닌 그냥 '순서'일 뿐이다. 진짜 잘못된 것은 연이어 닥친 사소한 불운에 음식을 거부하는 행동이다. 따지고 보면 맛없는 음식을 먹게 된 건 기회이다. 맛없는 음식을 먹음으로 맛있는 음식이 더 맛있게 느껴지듯, 맛없는 관계를 통해 나의 취향과 필요를 파악할 수 있다. 맛이 없는 음식을 돈이 아깝다는 이유로 계속 먹으면 결국 제일 힘들어지는 사람은 나 자신이다.

맛없는 음식에 정당하게 대가를 지불하자. 그 돈은 '맛이 없음'을 알게 해 준 수수료라고 생각하자. 인생 공부, 때로는 돈이 들기도 한다. 그동안 나를 너무 아꼈다. 너무 나를 보호하고 안전하기만 했다. 너무 안전하려고만 하면 나쁜 일을 거를 수 있지만 좋은 일도 함께 걸러진다.

그러니 연속해서 썩은 사과를 먹게 됐다고 해서 내 운 자체를 폄하하지는 말기로 하자. 썩은 사과를 만나는 건 내가 잘못해서가 아니라 그냥 언제 내릴지 모르는 비 같은 것이다. 인간관계도 마찬가지다. 나를 배려하지 않는 상대까지 배려하기 위해 노력할 필요는 없다. 사과의 썩은 부분을 도려내기 어렵다면 안 먹으면 된다. 썩은 사과를 마주하는 건 어쩔 수 없는 노릇이지만 그 사과를 버리는 건 내가 할 수 있는 일이다. 그 사과 하나 때문에 나의 시간을 허비하지만 않으면 곧 맛있는 사과를 먹게 될 것이다.

나는 왜 이렇게 운이 없을까 하고 투덜대니 친구 연진은 그랬다. 너를 아끼지 말라고. 마음껏 낭비하라고. 그동안 너를 아껴서 나쁜 일을 걸러 왔지만 그만큼 좋은 것들도 함께 거르며 살지 않았냐고.

두려워 말자.

아끼지 말자.

낭비하자, 나와 나의 오늘을.

달콤한 나의 세계

겉으로만 보이는 타인의 모습과 삶에 나도 빨리 어떤 결과를 내고 싶어진다. 견딜 수 없는 순간을 반복할수록 자신만의 세계를 더욱 단단히 해야 한다는 사실을 알게 된다. 달콤한 자신만의 세계가 있는 사람은 타인의 말에 잠깐 흔들릴지라도 절대 꺾이지는 않는다.

맘고생에 운동을 조금 보탰더니 살이 빠졌다. 흔히 하는 말처럼 다이어트엔 맘고생만 한 게 없다. 즐기며 일상을 보낸다는 게 이렇게 어려운 일인지, 얼마나 많은 노력을 해야 하는 건지, 아기가 걸음마를 배우듯 새롭게 배우고 있다. 사람의 일이라 마음이 아픈 만큼 회복의 시간이 필요하고, 하나의 상처를 극복할 때마다 조금씩 새로운 세상이 열린다. 어떤 영화에서 우리가 넘어지는 것은 일어나는 방법을 배우기 위함이라는 대사처럼 넘어지고 일어날 때마다 조금씩 더 쉽게 일어서게 되는 것 같다.

이별, 이사, 가까운 친구들의 결혼 등 한꺼번에 생긴 공백으로 내 삶에서 가장 큰 외로움을 맞닥뜨렸을 때 견딜 수가 없었다. 바깥으로 나가 사람들로부터 위로를 받으려고 했다. 그러나 위로를 구할수록 모든 말에 휩쓸렸다. 아주 작은 말 하나에도 찔리고 흔들렸다. 나를 제외한 모든 타인과 그의 삶이 좋아 보였고, 위로를 받는 게 아니라 나는 점점 더 아래로 아래로 가라앉았다.

　　타인과, 타인의 말과, 타인의 삶 그 자체가 나에게 상처가 됐다. 그들은 단 한순간도 내가 아니었고, 그들에게 나는 철저한 타인이었다. 나를 가장 아끼고 생각하는 사람은 나 자신밖에 없었다. 나를 생각한다는 모든 타인의 말은 나에게 하는 그 자신의 말들이었다. 그 어떤 것도 위로가 되지 않을 때 우리는 각자의 세계를 구축해야만 한다. 달콤하고 단단한 나의 세계 속에서 자신만의 시간을 보내야 한다.

　　타인들의 말에 휩쓸릴수록 조급해지고 조바심이 난다. 겉으로만 보이는 타인의 모습과 삶에 나도 빨리 어떤 결과를 내고 싶어진다. 견딜 수 없는 순간을 반복할수록 자신만의 세계를 더욱 단단히 해야 한다는 사실을 알게 된다. 달콤한 자신만의 세계가 있는 사람은 타인의 말에 잠깐 흔들릴지라도 절대 꺾이지는 않는다.

　　방황은 결국 모두 밖으로부터, 타인으로부터 왔

다. 굳이 탓을 하자면 누구의 탓이 아니라 나의 세계가 단단하지 않은 탓이겠다. 그것조차 잘못은 아니다. 모든 일엔 때가 있고 삶이란 운명을 믿기보다 때에 맞는 선택을 하는 게 전부니까. 알아도 흔들리고 때로는 무너지지만 이런 부족하고 엉망진창인 나임에도, 여전히 누군가에게 좋은 말을 하고 좋은 사람이 되어 주려는 노력을 하고 있지 않은가.

글을 쓰고 편집을 할 때, 절대적인 한글의 법칙이 있다고 생각했지만 그 규칙을 기본으로 파생되는 변형들이 작가와 에디터만의 새로운 규칙이 된다는 걸 알게 됐다. 원래 그런 건 세상에 없고, 절대적인 그 무엇도 존재하진 않는다. 다만 변해 가는 세상과 나의 세계 속에서 단단한 중심이 필요할 뿐.

달콤한 나의 세계가 이제는 단순한 소비와 알맹이 없는 헛헛한 관계로는 마음이 채워지지 않는다. 소비성 짙은 일들, 보여 주기식 관계들은 모두 스무 살의 오후 두 시처럼 찰나에 지나지 않는다. 밖에서는

황량한 마음을 채우고 즐겁게 함께하는 삶을 살면서
도 나의 세계에서는 밖에서의 떠들썩한 웃음만큼이
나 즐거운 혼자이고 싶다. 혼자서도 즐겁게 지내고 나
의 삶을 든든하게 지탱하는 더욱 달콤한 나의 세계를
만들어 가야지.

마음이 다치면 몸도 아프다

내 기분과 감정은 내가 관리해야 할 영역이다. 이제 그 누구에게도 나의 감정을 일방적으로 쏟아 내지는 말아야지, 누군가의 마음을 다치게 하지는 말아야지. 혼자 부풀리고 키운 부정적 감정은 언제나 날카로운 말이 되어 큰 사고를 일으키니까.

　　세상에는 남 일에 관심이 많은 사람도 참 많고, 참견을 참지 못해 남의 인생에 감 놔라 배 놔라 하는 사람들도 참 많다. 그럴 때마다 일일이 싸우는 것도, 그렇다고 가만히 있는 것도 쉬운 일이 아니다. 내가 할 수 있는 건 그저 나 하나라도 타인의 삶을 평가하거나 참견하고 싶을 때 말을 아끼고 참는 것이다. 또 한 가지, 섣불리 단정 짓는 혼자만의 감정을 함부로 쏟아 내지 않을 것.

　　얼마 전 누군가에게 사과를 하라는 말을 들었다. 오해인지 아닌지 자초지종을 들으러 나온 자리가 아니라 나를 불러낸 것부터 사과를 하라는 결론까지 모두 그 혼자만의 오해와 판단이었다. 같은 상황에서도 마치 다른 경험을 한 것처럼 깊은 오해가 생길 수 있구나 하는 생각이 들면서도 혼자만의 오해로 이미 나와의 관계를 끝내 버린 상대방이 조금 무서웠다. 안 좋은 감정은 쏟아 내야 직성이 풀리는 성격이라는 그녀의 일방적 말들은 마치 내가 의도하지 않아도 일어나고야 말 사고처럼 느껴졌다. 당황스럽기 이를 데 없었으나 정면 충돌하면 진짜 싸움이 될 것 같아 오해라는 상황 설명을 한 시간이나 더 하고 사과를 했다.

며칠이 지난 후 그녀는 본인이 경솔했다며 거듭 사과를 해 왔지만 나는 타인이 마음대로 쏟아 낸 나쁜 감정에 이미 마음이 다친 상태였다. 상황 모면을 위해 그녀가 원하는 사과를 했지만 그녀와 나의 관계에 다음은 없기를 바랐다. 내 마음은 그때 일어난 감정 사고의 흔적이다. 나의 행동에 오해를 했고, 잘잘못을 따질 겨를도 없이 화가 나서 들이받고는 사과를 요구한 감정 사고. 이제 막 어른이 된 나였다면 똑같이 들이받았겠지만 그렇게 대처하지 않은 지금의 내가 썩 어른스럽게 느껴졌다. 한편으론 아직도 뜨겁게 감정을 쏟아 내는 그녀를 보며 과거의 어느 날 누군가에게 마음대로 사고를 내기도 했던 내 모습이 보였다. 솔직함을 무기로 누군가의 마음을 다치게 하기도 했겠구나, 삶이란 이렇게 돌려주고 돌려받기도 하는 거구나.

마음이 다치면 몸도 아프다. 아파서 쉬는 김에 내가 쏟아 냈던 과거의 일방적 감정들을 반성해 본다. 내 기분과 감정은 내가 관리해야 할 영역이다. 이제 그 누구에게도 나의 감정을 일방적으로 쏟아 내지는 말아야지, 누군가의 마음을 다치게 하지는 말아야지. 혼자 부풀리고 키운 부정적 감정은 언제나 날카로운 말이 되어 큰 사고를 일으키니까.

몇 번 마음을 다쳐 보고서 조금씩 어른이 된 봄밤이다. 말이란 습관이 되어 누군가의 마음을 다치게 하는 무기가 될 수도 있기에 혼자 있어도 이왕이면 예쁜 말을 써야겠다. 생각 없이 내뱉는 나의 말조차 누군가를 향한 무기가 되지 않도록. 이 봄이 끝나면 내가 하고 싶은 말보다, 내가 좋아하는 사람들이 어떤 말을 듣고 싶어 할까를 더 많이 생각하는 여름이 올 것이다.

익숙함과 낯섦 사이의 위스키

모든 것에는 각자의 익숙함과 낯섦이 있다. 인간관계도 그렇다. 나는 어떤 사람에겐 익숙한 사람이지만 누군가에겐 여러 타인 중 하나일 뿐이다.

　　여행을 떠나는 길, 면세점에서 라벨 디자인만 보고 위스키를 한 병 골랐다. 꽤 비싼 가격이었지만 잘 알지도 못하는 술 한 병을 사면서 위스키 한 잔과 담배 한 모금이면 하루를 버티는 영화 속 주인공을 떠올렸다. 선물용이 아닌 내 자신을 위해 위스키를 사다니 꽤 어른이 된 기분이 들었다.

　　여행이 끝나고 집에 도착하자마자 위스키를 따서 마셔 보았다. 익숙하지 않은 고급술은 역시 낯선 맛이었다. 위스키 맛도 모르다니 괜스레 조바심이 나서 한 잔을 더 마셔 보았다. 처음 접하는 술 한잔에도 이렇게 빨리 익숙해지고 싶어 조바심이 나는데 다른 일은 어떨까. 우리가 낯선 것을 마주할 때 조바심이 나는 이유는 어서 익숙해지고 싶어서는 아닐까.

　　문득 와인을 처음 마셨을 때, 커피를 처음 마셨을 때가 떠올랐다. 지금은 와인과 커피 맛을 즐기며 주변 사람들에게 추천을 해 줄 정도지만 처음 접했을 때의 커피란 나에게 그저 '쓰고 텁텁한 까만 물'이었

162

다. 와인 또한 그랬다. 서른 살이 될 때까진 와인 잔도 한번 구경해 보지 못했는데 워킹 홀리데이로 떠난 독일에서 처음 와인을 마셔 본 날 그냥 포도에 소주를 먹는 게 낫지 않나 생각했을 정도였다. 위스키를 마시다 보면 이 맛에도 언젠가 익숙해지겠지, 심지어 언젠가는 즐기고 있겠지 하는 생각을 하니 위스키 맛을 모르는 이 순간이 소중해진다. 낯섦이 익숙함이 되기까지의 과정을 즐긴다면 그 시간은 단축되니까.

어떤 사람은 소주 맛에는 익숙하지만 와인 맛은 낯설고, 누군가는 위스키를 즐기지만 와인은 낯설어한다. 세상에 존재하는 어떤 법칙이 있다고 해도 그건 결국 누군가의 경험에 의해 잘 정리된 하나의 취향일 뿐 자세히 보면 모든 것에는 각자의 익숙함과 낯섦이 있다. 인간관계도 그렇다. 나는 어떤 사람에겐 익숙한 사람이지만 누군가에겐 여러 타인 중 하나일 뿐이다. 우리는 모두 그렇게 익숙함과 낯섦 사이에서 살아가고 있을 뿐이다. 그러니 너무 익숙해졌다고, 혹은 낯

우와……한 어른 생활

설어서 두렵다고 속상해할 필요는 없다. 조바심 낼 필요도 없다. 즐기다 보면, 반복하다 보면, 계속하다 보면 익숙해지기 마련이니까.

먹다 보면 그 맛에 익숙해진다.

쓰다 보면 쓰는 것에 두려움이 덜해진다.

보다 보면 얼굴이 익고 친해지면 알게 된다.

계속하자. 계속 쓰자. 계속 즐기자.

나의 즐거움을 계속 찾자. 두려움이나 후회가 밀려와도 계속해 오던 것을 포기하지만 말자. 낯섦을 즐기고 계속하다 보면 언젠가는 익숙해지는 날이 온다.

장거리와 단거리를 대하는
우리의 자세

삶을 장거리라 본다면 모르는 문제는 일단 체크해 놓고 넘어가고, 오늘 해결해야 할 단거리 문제라면 당장 해결해야 한다. 우리가 어른이라 규정하는 스무 살 이후로도 어른 생활은 계속될 것이고 해가 거듭될수록 삶이 장거리란 걸 더 지독하게 느낄 테니까.

지금 눈앞에 뭔가 잘못됐다고 그것만 파고들면 다음으로 넘어가기가 힘들다. 여기서 진을 빼느라 시간도 노력도 다 써 버리기 때문이다. 영어 공부를 해 본 사람이라면 한 번쯤 경험해 봤을 것이다. 지문을 독해할 때 모든 단어의 뜻을 알기 위해 계속해서 사전을 찾아 대다 보면 한 문제를 다 풀기도 전에 지쳐서 브레이크가 걸린다. 학원이라면 두 문제를 채 풀기도 전에 쉬는 시간이 온다. 내 방이었다면 콜라를 마시러 갈 것이고 스터디 중이었다면 앞사람에게 질문했을 것이다.

"나만 어려워?"

고등학교 때, 큐브를 몇 초 만에 맞추고 엉뚱한 상상을 자주 하는 수연이라는 친구가 있었다. 수연은 공부도 곧잘 해서 늘 전교 3등 안에 들었다. 그녀와 짝꿍이 됐을 때 가까이에서 지켜보니 성적과는 달리 공부를 그리 열심히 하는 것 같지도 않고 게임이나 큐브 맞추기 같은 걸 좋아해 딴짓을 자주 했다. 그런데도 늘 전교 1, 2등을 놓치지 않는 게 신기해서 어떻게 공부를 하느냐고 물은 적이 있다. 수연은 대답했다.

"모르면 그냥 넘어가. 공부는 많이 하는 것보다 어떻게 하는지 방법을 찾는 게 중요해. 자기한테 맞는 방법을 찾으려면 처음엔 많이 해 봐야 하는데 모르는 문제에 너무 집착하면 많은 문제를 못 풀잖아. 꼭 공부 못하는 애들이 모르는 문제 하나에 한 시간을 투자하거든. 한 문제만 잘 풀어도 공부 잘하면 상관없는데 우리는 정해진 시간 동안 많은 문제를 계속 풀어야 하니까."

나는 수연이 말한 '꼭 공부 못하는 애들' 중의 한 명이다. 정확히 기억나는 내 한 시간 동안의 공부 패턴은 한 문제를 풀다가 물 마시러 가는 것이다. 영어 단어 찾느라 지치고 수학 공부는 제1장 '집합'에서 끝난다. 공부를 시작할 땐 책상 정리부터 해야 하고 모르는 문제가 생기면 당장 해결해야 해서 그 문제에 진을 빼다가 지쳐서 잠든다. 그러니 나는 아무리 열심히 해도 1년에 365문제 이상을 풀 수 없었다. 그나마 매일 문제를 해결한다면.

고등학교를 졸업한 지 20년이 지나도록 가끔 수연이 생각났다. 모르면 그냥 넘어간다는 그녀의 말이 당시엔 잘 이해되지 않았지만 시간이 흐를수록 와닿았다. 특히 장거리에 매우 유용한 방법이다. 삶을 장거리라 본다면 모르는 문제는 일단 체크해 놓고 넘어가고, 오늘 해결해야 할 단거리 문제라면 당장 해결해야 한다. 우리가 어른이라 규정하는 스무 살 이후로도 어른 생활은 계속될 것이고 해가 거듭될수록 삶이 장거리란 걸 더 지독하게 느낄 테니까.

책 한 권을 다 읽기 위해서 필요한 건 지금 이 한 페이지에서 한 권을 읽을 에너지를 다 소진해 버리지 않는 인내심이다. 모르는 꼭지는 접어 두고 다음 페이지로 넘어가 계속해서 책을 읽다가 휴식을 취해도 된다. 그리고 다시 모르는 페이지를 펼쳤을 때 다음 페이지에서 더해진 정보로 인해 굳이 이해하려 하지 않아도 스르륵 이해가 될 수도 있다.

　우리에겐 읽어야 할 책도, 읽고 싶은 책도 너무 많다. 그 수많은 페이지를 어떻게 다 완벽히 이해할 수 있을까. 많은 책의 모든 페이지를 완벽하게 이해하려 들면 제일 피곤하고 힘든 건 나 자신이다. 어떤 책을 대하건 어떤 길 앞에 서건 우리가 제일 먼저 해야 할 건 단거리인지 장거리인지 천천히 관찰하는 일이다. 짧은 책이라면 모르는 페이지도 찾아가며 단숨에 읽고 다른 책으로 넘어가야 한다. 장거리라면 여행 첫날부터 너무 힘들게 일정을 잡으면 앞으로 남은 일정이 힘들어질 수 있기에 그에 맞는 계획을 세워야 한다. 만약 첫날 너무 무리했다 해도 괜찮다. 다음 날에 여유 있게 보내면 되니까.

피곤에 지지 말자, 어른

Part 3.

민폐 끼칠 줄도 알아야 덜 외롭지

조금 빈틈을 보여 줘도 되지 않을까. 내 빈틈을 마음껏 보여 줄 수 있고, 기꺼이 상대방의 빈틈을 이해해 주는 사람이 되고 싶다. 결핍이나 빈틈이 없는 사람은 없을 것이다.

우와……한 어른 생활

　　누군가에게 민폐가 되는 상황을 유독 못 견뎌 한다. 그렇기에 내 작은 실수도 쉽게 용납하지 못한다. 실수의 순간을 두고두고 떠올리며 수시로 나를 괴롭힌다. 지난 실수의 순간에 갇혀 며칠을 무기력하게 보낼 때도 많다. "난 도대체 왜 이 모양일까?", "내가 못나서 그래"와 같은 차가운 말을 달고 사는 나를, 엑스맨을 자처하는 친구 혜란은 이렇게 다그치곤 했다.

　　"사람이 민폐도 끼칠 줄 알아야 갚을 일도 생기고, 민폐 끼치는 사람 이해도 하면서 사는 거지. 드라마에 그런 말도 나오잖아. '사람이 불미스러운 일이 생겨야 친해지는 거'라고. 민폐 끼칠 줄도 알아야 덜 외롭지."

　　민폐 끼치지 않으려 아등바등 노력해 봐도 결국 민폐도 끼치고, 때로는 진상이 되고 마는 게 인생이라는 혜란의 말마따나 한 점 민폐 없는 삶을 살기란 결코 불가능하다. 창문 없는 집에 도둑도 들지 않듯 빈틈을 보이지 않으려 노력하는 사람은 점점 외로워지기 마련이니까.

　엄지혜 작가는 그의 책《태도의 말들》에서 징징거리는 사람에게 마음이 간다고 썼다. 쿨한 사람에게는 마음이 가지 않는다고. 그 문장이 징징거리는 캐릭터를 극도로 싫어하는 내 마음을 쿡쿡 찔렀다. 민폐를 끼치지 않지만 누군가의 민폐를 받아 줄 생각도 없는 내 마음이 차갑게 느껴졌다.

　진짜 쿨한 사람이 몇이나 될까? 내 경우 쿨해 보였던 때의 대부분이 민폐 끼치지 않으려 '괜찮은 척'했던 순간이었다. 괜찮지 않지만 괜찮다고 말하고 화가 나지만 들키지 않도록 연기했다. 도와 달라는 말이 왜 그리도 하기 싫던지 정수기 물통 하나 갈아 달라는 말조차 하지 못하고 마른 침을 삼켰다. 도움을 받는 것이 꼭 실패하는 것처럼 느껴졌다.

　쿨한 어른처럼 보이고 싶어 최선을 다해 괜찮음을 연기하고 집으로 돌아온 날에는 어김없이 외로워졌다. 누군가에게 민폐 끼치면 안 된다는 생각이 삶과 일상의 대부분을 외롭게 만들었고, 그 결과 모든 걸 혼자서 처리해야 했다. 도움을 청할 줄도 받을 줄도 몰랐으니까.

곤란할 때는 조금 의지해도 된다고, 나도 누군가에게 민폐를 끼칠 수 있다고 생각하게 된 건 역시 내 인생의 엑스맨인 친구 혜란 덕분이다. 잃어버린 내 아이폰을 습득했다는 사람을 만나러 갔다가 곤욕을 치른 적이 있다. 아이폰은 돌려줄 생각도 없어 보이고 자꾸 이상한 곳으로 가자고 했다. 핸드폰을 돌려줄 테니 만나자고 할 때부터 이상한 느낌을 받았지만 누구에게도 민폐 끼치기 싫어 혼자 나갔던 게 문제였다. 압구정 한복판에서 무슨 짓이야 하겠나 싶었는데 점점 더 미로 같은 골목 안으로 내가 들어오길 유도했다. 워낙에 길치라 이제 어딘지도 모르겠고 연락을 취할 핸드폰은 그 변태의 손에 있다는 걸 인지한 순간 심장이 쿵 내려앉았다.

그 공포의 찰나 어디선가 등장한 혜란과 그녀의

남자친구는 재빠르게 변태의 가방을 낚아챘다. 남쪽에서 온다던 귀인이 따로 없었다. 그날 혜란을 만나기로 한 것과 잃어버린 핸드폰을 받으러 잠깐 간다고 귀띔했던 게 천만다행이었다. 혜란은 말했다.

"너 멀리서 볼 땐 멋있었는데 친해지니까 영 별로더라. 가끔 너무 선 긋고 빈틈없이 구니까 정도 안 가고. 근데 오늘 너 좀 정이 간다. 역시 사람은 빈틈이 있어야 덜 외로워. 야, 왜 그런 델 혼자 다니냐!"

나는 그동안 다른 사람들에게 피해 주지 말아야 한다는 생각 때문에 '의지하지 않기 위해' 노력하며 살았다. 이런저런 가면을 써 본 후에 알게 된 건 가리려 해도 가려지지 않는, 사람마다 본성이 있다는 것이다. 가리는 것보다 더 중요한 건 빈틈 있는 내 모습 그대로 하루를 보낼 줄 아는 자연스러움이다.

조금 빈틈을 보여 줘도 되지 않을까. 내 빈틈을 마음껏 보여 줄 수 있고, 기꺼이 상대방의 빈틈을 이해해 주는 사람이 되고 싶다. 결핍이나 빈틈이 없는 사람은 없을 것이다.

　　누군가가 자신의 결핍을 이야기할 때 마음이 따뜻해진다. 자신의 완벽함에 대해서만 이야기하는 사람에게 사람들은 도움을 주려 하지 않는다. 그토록 잘난 사람을 못난 내가 도와줄 필요가 없으니까. 완벽해질 수도 없지만 우리가 굳이 완벽해지려 하지 않아도 되는 것은 이 때문이다. 사람과 사람 사이에 빈틈이 필요한 이유이기도 하다. 우리는 빈틈으로 인해 서로에게 파고들고 마음을 여는 존재이니까.

　　조금 실수해도 괜찮다는 생각을 바탕으로 삶을 대하는 것과, 작은 실수라도 할까 봐 전전긍긍하며 일상을 보내는 건 하늘과 땅 차이다. 실수하지 않으면 좋겠지만 우리는 모두 충분히 실수할 수 있는 존재란 걸 알기에 나 자신과 타인의 실수에 관대해질 수 있다. 도움을 받는 건 실패하는 게 아니니까 이제부턴 도움을 받아도 좋을 것 같다.

어른에겐 혼자 울 공간이 필요해

충분히 울지 못해서, 매번 눈물을 참기만 해서 어른의 일상이 더 많이 짠하고 슬픈 건지도 모르겠다. 실컷 울고 나면 개운해진다. 괜스레 짠한 밤 마음껏 눈물을 짜내고 나면 다음 날 환한 햇살에 바싹 마른 마음을 발견하고는 가벼워질 것이다.

　　재택근무를 시작한 뒤로는 하루 24시간 중 1초
도 혼자 있을 기회가 없어졌다. 효율적인 업무 방식에
일할 맛은 났지만 동생도 나도 오랜 시간 같은 방을
써 온 처지라 점차 갑갑해졌다.

　　혼자가 되어 보기에 제철인 봄에 재택근무의 갑
갑함을 핑계 삼아 제주도에서 혼자 지내보기로 했다.
내가 좋아하는 스타일의 숙소를 고르고 바로 예약했
다. 한 달치의 적금으로 2주간 지낼 방 한 칸이 생긴
것이다. 그것도 제주에서!

　　벚꽃이 채 피지 못한 이른 봄, 꿈에나 그리던 제
주의 한 주택에서 혼자가 되고 제일 먼저 한 일은 바
쁘다는 핑계로 보지 못했던 영화를 보는 것이었다. 씻
고 산책하고 조그만 화면으로 영화를 보는 일상적인
일에서도 갈증을 느껴 왔기에 짐을 풀고 씻고 영화를
보는 행동만으로도 해방감이 느껴졌다.

　　혼자만의 주말, 여유로운 마음에 이것저것 보다
가 그동안 혼자 집중해서 볼 만한 공간이 없어서 보지

못했던 예능 프로도 내리 시청했다. 특히 〈독립 만세〉라는 프로에 푹 빠졌는데, '독립'을 소재로 한 새로 생긴 프로였다. 개그맨 송은이의 50세 첫 독립에 대한 이야기에 울고 웃으며 공감했다. 하필 혼자가 된 첫날 누군가의 독립 과정을 엿보자니 공감력이 이만저만이 아니었다.

나이가 스물이든 오십이든 부모님과의 이별은 짠하다. 함께 오래 살수록 자신에게 집중하기보다 관계의 사이 어디쯤에서 생각하게 된다. 혼자가 되고 싶으면서도 서로를 떠나지 못하는 관계가 되는 것. 이십 대 초반 나이에 독립을 하게 된 어린 가수 남매에게 "독립을 하려면 지금 하라"고 말하는 송은이의 말이 마치 내 마음처럼 느껴졌다.

제주도의 까만 밤, 드디어 혼자가 되어 한 칸 방 안에 있으니 넓은 우주에 혼자라는 생각이 들었다. 혼자만의 시간을 갖기 위해 오게 된 곳, 혼자만의 방에서 여러 가지 감정을 느낀다. 무서워서 미루기만 했던 운전을 해 보겠다고, 계속해서 글도 써 보겠다고 다짐해 본다.

송은이는 독립 이틀째 날 아침에 일어나 꼭 해 보고 싶었다던 커피를 정성껏 내려마신 후 에디트 피아프의 〈La Vie En Rose〉를 들으며 이렇게 말했다.

"어쩌면 이 한순간 때문에 독립을 한 건지도 몰라요."

오롯이 나만의 취향으로 냉장고를 채우는 시간, 네가 듣고 싶은 음악을 눈치 보지 않고 크게 듣는 시간, 엄마 편지를 읽고 혼자 마음껏 우는 시간, 그런 시간들 때문에 사람들은 기꺼이 혼자가 되기를 선택하는 게 아닐까. 누구나 혼자의 감정에 충실한 시간과 공간이 있어야만 한다는 걸 그녀를 보며 느꼈다. 어떤 딸의 뒤늦은 독립과 설렘을 바라보며 눈물이 났다. 한번 눈물샘이 터지니 모든 게 짠한 밤이 되었다. 필요할 때만 나에게 전화했던 엄마가 때마침 전화해 "뭐하냐"고 물었다는 것, 생각이 나서 연락했다는 친구의 갑작스런 전화도 모두 짠한, 그런 밤 말이다.

짠한 마음과 펑펑 흘리는 눈물, 실로 오랜만이었다. 내가 울고 싶을 때 마음껏 눈물을 흘릴 수 있는 이 방 한 칸이 고마워졌다. 아주 오랜만에 마음껏 울었다.

내 마음을 몰라 주는 말 한마디에도 곧잘 울어 수도꼭지라 불렸던 내가 지금은 눈물을 흘리지 않는 사람이 되었다. 참는 것이 버릇이 되기도 했고 울지 않기 위해 눈물 흘릴 만한 일들을 피해 다니기도 했다. 이렇게 마음껏 울며 널브러진 게 얼마 만인지 모르겠다. 눈물이 나면 마음껏 울었던 스무 살의 내가 자연스레 떠올랐다. 다 울고 나니 한결 개운해진 기분이다.

그래, 우리에겐 남몰래 마음껏 울 수 있는 공간이 필요한 건지도 모른다. 충분히 울지 못해서, 매번 눈물을 참기만 해서 어른의 일상이 더 많이 짠하고 슬픈 건지도 모르겠다. 실컷 울고 나면 개운해진다. 괜스레 짠한 밤 마음껏 눈물을 짜내고 나면 다음 날 환한 햇살에 바싹 마른 마음을 발견하고는 가벼워질 것이다.

어른에게는 혼자 울 공간이 필요하다.
혼자라면 충분히 괴로워할 수도,
충분히 자신을 원망할 수도,
충분히 울 수도 있다.

하지만 혼자 울 공간이 없다면 나 자신으로 충분할 수 없다. 충분하지 않지만 적당하게, 타인의 시선 안에서 적절히 지내게 된다. 나로서 충분해야 타인도 인정하고 이해할 수 있다.

한번 구두에서 내려온 여자는
다시 올라갈 수 없다

운동화를 신고 발걸음 가볍게 걸을 줄 알게 된 지금의 나는 아직도 인생길을 헤매고 있다. 어쩌면 더 막막하고 더 두려운 깜깜한 미래를 앞두고 있다. 하지만 피곤의 자국을 지우는 방법을 알게 되었고, 가벼운 운동화의 기동력을 얻었다.

지인이 병원에 입원을 했다. 오랜만에 얼굴이나 한번 본다며 병문안을 갔고 그곳에서 정말 오랜만에 예전 직장 동료들을 만났다. 한참 청춘이라 불리던 나이에 회사라는 울타리 안에서 치열하게 일하고 술도 마시며 뜨거웠던 시절을 함께 보냈던 이들이라 너무 반가웠다. 5년이 훌쩍 지나 만난 여느 지인들이 그렇 듯 시시껄렁한 인사들을 주고받다가 자연스레 옛날 얘기가 나왔다.

"10센티 힐이 자신감이라던 빨간 원피스의 그녀 는 어디로 간 거야?"

한 친구가 나를 보며 물었다. 추억 속 '빨간 원피 스'라는 단어가 입 밖으로 방출되자 기억 속에 꽉 막 혀 있던 각자의 추억이 콸콸 터져 나왔다.

한 친구는 호피 무늬를 좋아했다. 그래서 우리는 맨날 호랑이 잡아먹는 여자라고 놀려 대곤 했다. 그리 고 다른 친구는 화장을 잘해 늘 경이로운 메이크업으 로 주변인들의 시선을 한눈에 집중시켰다. 나는 그녀로 인해 다양한 속눈썹의 세계를 알게 되었다. 지금은 임파선염이 심해 입원한 친구는 각선미가 뛰어나 늘 미니스커트를 입고 다녔는데 남자들을 비롯해 여자들의 부러움 또한 한 몸에 샀다. 그리고 나는 하이힐과 원피스를 좋아했는데 그녀들은 아직도 크리스마스 날의 내 빨간 원피스를 기억하고 있었다.

"현진, 그때 진짜 예뻤는데. 톡톡 튀었어."
그러고 보니 우리 모습이 많이 변해 있었다. 호피 무늬의 그녀는 더 이상 호랑이를 잡는다는 오명에 시달리지 않게 되었고, 아티스트 경지에서 메이크업을 했던 그녀는 우리 중 그 누구보다 수수한 모습을 하고 있었다. 지금 입원한 친구는 그때 미니스커트를 하도 입어서 그런지 체력이 많이 떨어져 자주 잔병치레를 하게 되었다고 했다.
나는 이제 더 이상 구두를 신지 않는다. 한번 구두에서 내려온 여자는 다시 올라갈 수 없다. 감사하게도 패션의 흐름은 바지의 안전지대에 입문하게 해 주었고, 빨간 원피스는 내 옷장에서 사라졌다. 우리는 이제 '그때 예뻤다'는 말을 듣고 산다.

병문안이 끝나고 나오는 길에 한 친구가 말했다.

"요즘은 짜증만 늘어 가는 거야. 우리 하루에 몇 번이나 웃고 살까?"

우리는 모두 적절한 답을 찾지 못했고 대답 대신 나는 말했다.

"우리 진짜 삭막하게 산다. 하이힐을 안 신어서 그런가, 이제 너무 안전한데 행복하지가 않아. 이렇게 흘러만 가다가 어느 날 예순이 되어 있으면 어쩌지. 아, 진짜 무섭다."

우리는 이제 지독한 편안함에 젖어 빨간 원피스와 호피 무늬 스커트를 입지 않는다. 편안함과 안정감에 익숙해지면 웃을 일이 많이 줄어드는 삶을 살게 되는 걸까. 에너지가 넘치다 못해 까져서 피가 흐르는 뒤꿈치를 혹사해 가며 10센티 구두에 매일 올라탔던 때를 회상하며 길을 걷다 보니 지금 우리 삶이 너무 건조하게 느껴졌다.

여자는 이렇게 계단식으로 성큼 몇 번의 변화를 거치게 되는 것 같다. 처음 한 계단은 십 대가 끝나는 지점에서, 두 번째 계단은 직장 생활을 몇 년 정도 한 어느 날, 그리고 삼십 대 중반 즈음 세 번째 계단을 오른 느낌이다. 나도 모르게 조금씩 변하다가 어느 날 성큼 한 계단 올라간다. 올라가고 나면 내려다보는 일만 가능할 뿐 다시 계단을 내려갈 수는 없다. 인생의 계단에서는 지나온 발걸음을 추억할 뿐 다시 내려갈 수는 없기에.

운동화를 신고 발걸음 가볍게 걸을 줄 알게 된 지금의 나는 아직도 인생길을 헤매고 있다. 어쩌면 더 막막하고 더 두려운 깜깜한 미래를 앞두고 있다. 하지만 피곤의 자국을 지우는 방법을 알게 되었고, 가벼운 운동화의 기동력을 얻었다. 어디로든 달려갈 수 있고, 속도를 조절하며 유동적인 움직임도 가능하다. 더 이

상 반짝거리진 않지만 숨겨진 반짝이는 것들을 알아
보는 눈이 생겼다.

　　그리고 같이 추억할 수 있는 존재가 늘어나면서
그들과 추억을 이야기하는 것만으로 삶이 풍성해지
기도 한다. 며칠 전 마음까지 청순해질 만큼 맑은 봄
날, 날씨가 좋아 그랬는지 새삼스레 발걸음이 너무 가
볍게 느껴졌다. 멈춰 서서 내 운동화를 한 번 쳐다봤
다. 너무 마음에 들어 찾고 찾아 사게 된 운동화였다.
착용감도 예술이라 한 번 더 '사길 잘했다'고 생각하며
가던 길을 가벼이 재촉했다.

청춘의 영역

'매력적인 사람'은 어떤 사람일까 생각했다. 어떤 표정을 지어야 할지 어떻게 말해야 할지 계획하고 행동하는 사람이 아닌, 자기 모습 그대로를 거리낌없이 보여 줄 수 있는 사람, 내가 나를 부끄러워하지 않는 사람. 그게 나다운 건 아니었을까 하고.

우와……한 어른 생활

20-39. 무슨 암호 같지만 이것은 취미 모임의 나이를 제한하는 숫자다.

길어지는 재택근무에 무기력이 심해져서 다양한 사람들과 글쓰기 모임을 시작해 볼까 하고 취미 모임 어플을 다운받았다. 그런데 '참여 불가'라는 아이콘이 여기저기서 발견되었다. 알고 보니 대부분의 모임에 나이 제한이 걸려 있었다. 스물부터 서른아홉까지. 사진을 찍는 일, 책을 읽는 일, 글을 쓰는 일, 그냥 한강에서 맥주를 마시는 일조차도 내가 참여할 수 있는 것보다 참여할 수 없는 모임이 훨씬 많았다.

생각지 못한 복병에 애써 먹은 마음이 허탈해졌다. 이제 나이마저도 '새로운 시작'을 허용하지 않는 건가, 나는 작년보다 지금 하고 싶은 것들이 더 많은데 하는 생각이 들었다. 새로운 사람을 만나는 것, 새로운 시도를 해 보는 것도 여러 방면으로 계속 제동이 걸리니 무기력증이 더해지는 기분이었다.

뭘 하든 또래와 함께 하고 싶을 수는 있지만 막상

그 '또래'에서 물리적으로 제한당하니 기분이 썩 좋지 않았다. 청춘이란 20-39라고 정해진 것처럼 느껴졌다. 덩달아 연애의 영역에서도 제외된 것만 같아 내가 갑자기 늙어 버린 것 같았다. 이렇게 일찍부터 청춘의 영역에서 분류되어 제외되는 건가 싶어 덜컥 겁이 났다. '나는 아직 아닌데…….'

청춘의 영역에서 밀려난 기분을 한동안 느끼며 집에서만 지내다가 오랜만에 들른 단골 카페 사장님께 그간의 이야기를 했더니 의외라는 표정으로 대화를 이어 나갔다. 마흔에도 매력적일 수 있고 같은 나이에도 다른 삶을 살지 않냐며, 마흔에 누구보다 매력적인 오늘의 나를 남겨 주겠다고 했다. 그러곤 마구 사진을 찍어 댔다.

"사진 다 보냈으니까 집에 가서 꼭 봐, 네가 얼마나 매력적인지. 나이에서 좀 잘렸다고 우울해하는 건 너랑 안 어울려. 난 네가 니 스타일 그대로를 자연스레 드러낼 때가 제일 매력적이더라, 오늘처럼."

　‘사진을 잘 찍으려면 피사체에 대한 애정도가 높아야 한다’고 생각하는 나는 오랜만에 애정을 가지고 나를 찍어 준 타인의 사진을 흡족해하며 구경했다. 이야기하며 놀며 마구 찍은 몇 십 장의 사진들이지만 나에게 관심을 가진 타인의 따뜻한 시선 덕분에 힘이 났다.

　카페 사장님이 말한 ‘매력적인 사람’은 어떤 사람일까 생각했다. 어떤 표정을 지어야 할지 어떻게 말해야 할지 계획하고 행동하는 사람이 아닌, 자기 모습 그대로를 거리낌없이 보여 줄 수 있는 사람, 내가 나를 부끄러워하지 않는 사람. 그게 나다운 건 아니었을까 하고.

　나이를 먹을수록 내 생각보다 주변 환경에서 느껴지는 ‘나이’에 대한 시선들에 당황스러울 때가 많다. 그럴 때마다 흔들리기보단 카페 사장님 말처럼 나만의 매력을 찾고 정의해 보는 건 어떨까.

　내가 정의하는 마흔은 주제 파악 완벽하고 나다

운 게 뭔지 아는 매력적인 나이다. 사람의 매력과 능력은 나이로 정해지지 않는다. 정해진 청춘의 영역과는 상관없이 나다운 것들을 자신 있게 고수해 나가는 매력적인 사람이 되고 싶다.

어른 예방주사

잠시라도 우리 나이와 성별, 우리가 가진 사회적 위치 같은 것을 잊고 내가 나답게 지내는 시간이나, 단기간 혹은 장기간 전심전력으로 몰입할 나만의 무언가가 있다면 우리는 또다시 생기 있는 어른 생활로 돌아갈 수 있을 것이다.

한번 독감에 걸려 본 후로는 매년 겨울이 시작될 때 독감 예방주사를 맞는다. 예방주사 원리는 간단하다. 극소량의 균을 몸속에 들여보내 평화로웠던 몸속을 전쟁터로 만든다. 다음에 또 나쁜 균이 침투하면 지금처럼 싸우라고, 싸워서 이기라고 메시지를 주는 것이다.

스물아홉, 통장에 찍힌 2500만 원의 돈으로 무얼 할지 생각했었다. 이 숫자를 가슴에 품고 미래의 행복을 위해 더 성실한 회사원이 될 것인가, 앞으로는 절대 선택하지 못할 해외살이를 지를 것인가.

그때의 나는 베를린행을 택했다. 통장에 찍힌 '2500'이라는 숫자를 어렵게 지켜봐야 내 서른이 조금도 나아질 것 같지 않았다. 그대로 삼십 대가 되었다가는 염세주의에 빠져 짠내 풀풀 풍기는 인간이 될 것이라 장담했다.

생각해 보면 그때의 베를린행은 내가 태어나 한 선택 중 가장 잘한 것이었다. 한국으로 돌아온 뒤로도 오랫동안 나를 든든히 지탱해 주었기 때문이다. '하고 싶은 것을 과감하게 선택했던 나'라는, 왠지 모를 자신감이 늘 나를 미소 짓게 하였다. 나의 선택과 경험으로 만들어진 자신감이 살면서 닥친 일상 재난을 버티게 해 주는 예방주사 역할을 톡톡히 한 것이다. 어른 예방주사를 맞은 것처럼.

약효가 떨어지고 있긴 하지만 그때의 '베를린 살아 보기'는 10년이 지난 지금도 위기 때마다 나를 구해 준다. 자신감이 떨어지거나 자존감이 낮아질 때 그때 떠났던 이야기를 누군가에게 말하고 나면 촘촘하게 들어찬 마음속 불안이 조금 듬성해진다. 지금 모습이 나의 전부가 아니라고, 극한 상황이 오면 용기를 낼 줄 아는 사람이라고 그때의 내가 말해 준다.

요즘은 1년에 한두 번, 어른 예방주사 같은 이벤트를 만든다. 갑자기 혼자 지내본다든가, 두렵지만 낯선 환경에 나를 놓아둔다든가, 새로운 일을 해 본다든가 하는 것이다. 잘 타면서도 넘어질까 두려워 타지 않던 자전거를 등줄기에 식은땀이 줄줄 흐르는 채로 20킬로미터 거리를 왕복 운전하는 것도 그렇다. 올 초에는 혼자 제주살이를, 작년에는 집과 가장 먼 거리인 북한산 아래에 숙소를 구해 황금 연휴를 혼자 보냈다. 오직 나를 위한 날들이었다. 두려웠던 일을 어떻게든 끝까지 완수하면 어쩐지 조금 더 어른이 된 것 같은 기분이 든다.

자신감을 가지는 것, 자존감을 높이는 것은 언제나 사람들에게는 초미의 관심사다. 아이들이라면 자신감이 없어도 자존감이 낮아도 그런 자신을 부끄러움 없이 드러낼 수 있지만 어른 생활은 다르다. 나를 있는 그대로 말하기는 어려워지고, 속으로 끙끙대는 그런 자신을 원망하고 괴롭히기 쉽다. 자신감 좀 없어도, 자존감 좀 낮아도 인생이라는 전체 그래프에서 보면 그저 작은 점일지라도 말이다. 이토록 자신을 숨기는 어른 생활에 무기력해지고 지칠 때마다 보는 책, 엘리자베스 길버트의 《빅매직》에는 이런 문장이 있다.

　"우리 모두는 잠시 우리 자신에 대한 것들을 잊게 도와줄 무엇인가가 필요하다. …… 뭔가 다른 소일거리를 함으로써, 그리고 전심전력으로 그 일을 함으로써, 그는 깊은 늪과 같던 무기력의 지옥에서 벗어나 다시금 창조성의 위대한 마법 속으로 곧장 회귀했다."

　매년 코끝이 시려운 계절마다 독감 예방주사를 맞는 것처럼 어른 생활에도 어른 예방주사가 필요하다. 잠시라도 우리 나이와 성별, 우리가 가진 사회적 위치 같은 것을 잊고 내가 나답게 지내는 시간이나, 단기간 혹은 장기간 전심전력으로 몰입할 나만의 무언가가 있다면 우리는 또다시 생기 있는 어른 생활로 돌아갈 수 있을 것이다.

나 투자 사용법

단기전인 젊음을 잘 마무리해 나가며 비로소 장기전인 어른 생활을 어렴풋이 그리다 보면 그제야 보이는 것이 있다. 젊음의 영역 곳곳에 포진해 있던 수많은 복병을 처리하느라 미처 돌보지 못했던 나 자신, 많이 지쳐 버린 '나'.

우리는 대부분 '잘하는 것'에만 집중한다. 내가 뭘 잘할 수 있는지, 나의 타고난 장점은 무엇인지, 그에 따라 뭘 잘할 수 있는지 등등 나에게 이미 주어진 것을 분석해 발견하려고 한다. 타고난 천재성이 있다고 할지라도, 그것을 '발견'하려면 시도가 필요하다.

천재성을 타고나지 못한 대부분의 사람은 어떨까. 피아노를 딱 한 번만 쳐 봐서는 자신의 재능을 발견하지 못할 가능성이 높다. 물론 한 번에 발견되는 사람도 있겠지만 그건 위인전기에나 나오는 0.001%의 이야기다. 주식으로 따지면 이름이 알려지고 미래가 탄탄대로인 우량주에 투자하는 일이다.

나의 우량주는 안정적이고 탄탄한 미래를 보장하겠지만 자칫 그 믿음만으로 나의 우량주를 더 큰 가망주로 키우지 못할 가능성이 크다. 아직 우량주는 아니지만 '좋아서 미치겠다'는 것에 지속적으로 투자를 하면 우량주가 될 가능성이 높아진다. 좋아한다는 것은, 나만의 취향은 바로 그런 것들 속에 있지 않을까?

　십 대 시절 그리고 이십 대에는 '해야 한다'는 많은 일을 보상이 없는 퀘스트를 달성하듯 해 왔다면 삼십 대부터는 다르다. 본격적으로 어른 생활의 고단함이 시작되는 삼십 대에는 어른 생활이 생각보다 장기전임과 동시에 소모전, 지구전이라는 것을 알게 된다. 밑 빠진 독에 계속해서 물을 붓고 있는 기분이다. 복병을 처리하고 돌아서면 새로운 복병이 나타나는 시기, 전쟁이 끝났다 싶으면 또 다른 무리가 쳐들어와 내 나이조차 셈할 여력이 없는 시기, 퍼뜩 정신을 차리면 몇 살씩 나이를 먹은 시기이다.

　반면 삼십 대의 깊고 깊은 골짜기에 들어설수록 사회에서 표준으로 삼는 '젊음의 기간'은 단기전이라는 생각이 든다. 단기전인 젊음을 잘 마무리해 나가며 비로소 장기전인 어른 생활을 어렴풋이 그리다 보면 그제야 보이는 것이 있다. 젊음의 영역 곳곳에 포진해 있던 수많은 복병을 처리하느라 미처 돌보지 못했던 나 자신, 많이 지쳐 버린 '나'.

왜 그렇게 남들 기준에서 살아왔는지, 남는 건 후회뿐이지만 이제라도 친해지게 된 나 자신에게 아낌없는 위로를 쏟는다. 지금부터라도 내가 좋아하는 모습으로, 내가 좋아하는 것들로 일상을 채우며 지내기로 한다. 그러므로 이미 내가 잘하는 것에만 집중 투자하기보다 아직은 잘 모르겠는 것, 실패할 가능성이 큰 것에도 조금씩 분산 투자를 해야 한다. 이를테면 작년부터 지금까지 지속적으로 배우고 싶었고, 하지 않으면 병이 날 것 같은 항목들이다.

나만의 성공에 대한 나름대로의 가치관이 있는 삶과 작은 것조차 '나에게는 일어나지 않을 일'로 치부하는 삶은 짧게는 몇 개월, 길게는 몇 년 후 한라산과 히말라야산맥쯤으로 달라질 것이다. 더불어 나의 보잘것없는 하루를 대하는 태도에도 영향을 미친다. 이것이 우리가 '잘할 수 있는 일'보다 '미치도록 좋아하는 일'에 투자해야 하는 이유다. 오늘부터라도 많은 회사원들이 소액 투자를 시작했으면 좋겠다. 내가 좋아하는 일, 오직 나만의 취향, 나만 할 수 있는 아주 작은 일에.

내 삶에 별점을 매기지 말 것

어떤 목표를 이루기 위해서라면 일정 기간의 분석을 정교하게 기록할 필요가 있지만, 우리가 살아갈 모든 날을 하나의 목표만을 위해 분석하고 채점한다면 과연 좋은 평점을 받는 날은 며칠이나 될까?

다이어리를 쓸 때 오늘 하루를 통째로 좋았다, 나빴다로 기록하곤 했다. 나는 열심히 기록하는 사람으로 한동안 다이어리에 365일을 채워야 한다는 쓸데없는 강박을 가지기도 했다.

매일같이 하루를 열심히 기록하다가 어느 날 다이어리를 보니 좋았던 날들보다 나빴던 날들이 훨씬 많았다. 그렇게 기록된 하루하루의 총평들을 모아 놓고 보니 내 일상이 초라하게 느껴졌다. 가끔이라도 영화처럼 특별한 경험들로 다이어리를 채울 수 없는 건 물론이고 대부분의 날이 별 볼일 없다는 사실이 실망스러웠다. 뭉뚱그려 상상해 본 달콤한 미래는 절대 현실이 될 수 없음을 알면서도 우리 일상이 마치 영화배우의 어떤 하루처럼 특별하지 않다고 실망하는 꼴이다.

다이어리를 찬찬히 넘겨 보면서, 내 삶이 누군가에게 채점 당하는 것도 아닌데 이렇게 매일을 분석하고 리뷰하며 총평까지 할 필요가 있을까 싶은 생각이 들었다. 어떤 목표를 이루기 위해서라면 일정 기간의 분석을 정교하게 기록할 필요가 있지만, 우리가 살아갈 모든 날을 하나의 목표만을 위해 분석하고 채점한다면 과연 좋은 평점을 받는 날은 며칠이나 될까?

'최악이다'로 표기된 어떤 하루를 살펴보았다. 최악이라고 여길 만한 사건은 물론 있었지만 더 세부적으로 살펴보니 24시간 내내 최악은 아니었다. 좋지 않은 말을 듣긴 했지만 함께 공감해 주는 사람도 많아서 금세 최악의 기분에서 빠져나올 수 있었던 하루였다. 그저 그날 저녁 다이어리에 '최악의 하루'라고 총평했을 뿐.

하트와 별 모양, 그 자체로는 너무도 좋은 의미를 담은 예쁜 기호들인데 우리는 늘 하트와 별을 구걸하는 삶을 살고 있다. SNS 속 별과 하트에 목마른 세상에 익숙해지다 보니 사람을 대할 때도 까다로운 기준으로 평가를 하게 된다.

'저 사람은 잘 웃지 않네. 매너도 별로야. 왜 저리

딱딱할까. 나와는 맞지 않을 것 같아.' 이렇게 섣불리 평점을 매겨 놓고 나면 그 사람의 진면목을 알게 되는 사건이 있기 전까지는 내 편견이 만들어 놓은 이미지로 그 사람을 기억하게 된다.

물건을 고르거나 내 취향을 선택할 때도 마찬가지다. 어떤 영화를 보고 '인생 영화'라고 생각했는데, 추후 리뷰를 찾아보니 별점은 단 한 개. 별점부터 확인했더라면 절대 그 영화를 보지 않았을 것이다. 작은 실패를 겪기 싫어서 남의 별점에 편승해 버리면 편리할지는 몰라도 나만의 취향이나 느낌을 온전히 즐기는 경험을 차단당하기 쉽다.

평점으로 영화를 고르고, 별 개수로 나의 저녁을 고르고, 하트 개수로 나의 인기를 측정해 보는, 편리하지만 공허한 세상이다. 이런 세상을 살게 된 우리가 각자 개인적이고 창의적인 일상을 살기 위한 작은 노력은 별의 개수를 무시하고 오직 나만의 선택을 하는 횟수를 늘려 가는 것이 아닐까 생각해 본다.

별과 하트의 개수에 이따금 우울한 날들도 있겠지만 그럴 때마다 별과 하트의 조형미와 그 속에 담긴 따뜻한 의미를 떠올리며 '평가'를 잊어 볼 것이다. 하트의 개수에 연연하는 나도 나지만, 누군가가 보낸 메시지에 쓰인 하트 하나에 설레는 것도 나니까.

오직 나만을 위한 길

혼자가 되기를 두려워했던 시간이 길어 제대로 혼자가 되어 보지 못했다. 오직 나 혼자만 무섭고 외로웠던 것은 아닐 것이다. 사람은 누구나 공포, 두려움과 싸우며 사는 거겠지.

혼자 떠나온 여행, 오직 내 기분만을 위해 언제든 크고 작은 결정을 해 볼 수 있다는 생각에 축 처진 오전의 기분을 뒤로하고 숙소를 나섰다. 인적도 차도 드문 초행길을 무작정 혼자 걷자니 두려움에 심장이 뛰었지만 두려운 만큼 걸음을 재촉했다.

그렇게 걷다가 인도가 없는 곳을 만나면 차에 치여 죽지는 않을까 걱정이 돼 공포가 몰려왔다. 평소에도 겁이 많아 무조건 큰길, 사람이 많은 길, 안전한 길로만 다니는데. 초행길이면서 길이 아닌 곳을 걷는 일은 심장을 벌렁이게 하는 동시에 해방감이 들기도 했다. 겁이 난다고 아무것도 하지 않는 사람이기보다 죽을까 두려워 떨리는 심장으로 4킬로미터 거리를 무작정 걷는 나인 게 웃음이 났기 때문이다.

3월, 물이 많은 곳에서 인연을 만난다던 운세는 맞지 않았지만 흙길이든 꽃길이든 나의 두 발로 걷는 것은 어쨌거나 내 마음대로 할 수 있는 일이다. 겁은 나지만 큰 소리로 노래를 흥얼거릴 수 있었던 고요한 길들은 해방감이 들어 축 처진 오전의 기분을 상쇄시켜 주었다.

바다를 향해 걷고 또 걸으며 큰 교차로에서 길을 건너려고 신호를 기다렸다. 순간 세상 위에 덩그러니 나 혼자 놓인 느낌이 들었다. 지나가는 차 몇 대와 뻥 뚫린 5차선 도로의 중간에 서 있으니 문득 나는 어디든 내가 선택한 길로 갈 수 있을 거란 용기가 생기기도 했다.

사람만 빼곡한 서울에서는 길을 걸으면서도 온통 사람들 생각뿐이었다. 사람도 차도 없는 길을 혼자 걸으니 우리가 진짜 두리번거려야 할 것은 타인들이 아닌 내가 가는 길 위에 펼쳐진 모든 것이라는 생각이 들었다. '좋은 삶'이라 정해진 일상을 갖지 못해 아등바등했던 서울에서의 내 삶이 우스꽝스레 느껴지는 순간이었다.

그렇게 걸어 마주한 정오의 바다는 눈부셨다. 혼자였기에 나의 기분에 집중하고 오직 나를 위해 움직이고 행동했던 하루였다. 왜 진작 이렇게 살아 보지 못했을까 하는 생각에 길가의 허름한 폐가마저 낭만적으로 보였다. 내가 선택한 길, 내가 선택한 오늘, 내가 선택한 것들이 모인 나만의 삶, 그게 바로 낭만이 아닐까.

혼자가 되기를 두려워했던 시간이 길어 제대로 혼자가 되어 보지 못했다. 오직 나 혼자만 무섭고 외로웠던 것은 아닐 것이다. 사람은 누구나 공포, 두려움과 싸우며 사는 거겠지. 공포의 대상은 각자 다르겠지만. 아직까지도 혼자가 되는 게 겁나지만 그럼에도 떠나온 여행이다. 옆방에 있는 여행자도, 겉으로는 강해 보이는 사장님도 모두 기꺼이 외로움을 이겨 내며 내일 아침을 기다릴 것이다.

이해하지 않아도 되는 세상의 입구

예전에는 매사에 확신이 있었고, 그 확신을 일단 믿고 뭐든 시작했다. 뜨거운 감정의 변화들이 있었고, 천년만년 그 뜨거움이 지속될 것만 같았다. 그때의 세상과 지금의 세상은 마치 강 하나를 건너온 듯 다른 세상이다.

"이제 아무것도 확신이 서지 않아. 뭐가 맞는지도 모르겠고 이해 안 되는 건 이해하지 않으려고."

통화를 하다 친구가 한 말에 울컥 목이 뜨거워졌다. "맞아"라는 반응이 무색할 만큼 맞고 맞는 말들만 뱉어 내는 친구가 저편에서 나 대신 열변을 토했다. 스물아홉에도 두려웠고, 서른다섯에도 두려웠지만 마흔을 몇 개월 앞둔 지금의 두려움은 닥쳐 보지 않고는 모를 거대한 것이다. "마흔 너머에도 그만의 세상이 있겠지"라고 미화시켜 말해 보았지만 역시 확신이 없는 허언이었다. 이제 더 이상 작은 무엇에도 확신을 갖지 않는다. 인생사 어떻게 될지 모르는 것 아닌가.

예전에는 매사에 확신이 있었고, 그 확신을 일단 믿고 뭐든 시작했다. 뜨거운 감정의 변화들이 있었고, 천년만년 그 뜨거움이 지속될 것만 같았다. 그때의 세상과 지금의 세상은 마치 강 하나를 건너온 듯 다른 세상이다.

나를 둘러싼 것들과 그 세상을 바라보는 내 눈은

변했지만 내 상태는 하나도 변하지 않았다. 나는 여전히 회사원이고, 결혼하지 않았고, 가만히 그 자리에서 나의 영역을 지키며 오고 가는 사람들을 바라본다.

겉으로는 쿨한 척 결혼 따윈 관심 없다는 말을 내뱉지만 그 말을 할 때마다 나도 모르게 마음 한 켠이 저린 건 어쩔 수 없다. 결혼하지 않아서가 아니라 이대로 혼자여도 괜찮은지 확신이 없기 때문이다. 말은 쿨하게 하면서도 속으로는 설마 마흔까지 결혼하지 않을 거라 미처 생각하지 못했다. 언제든 무언가를 함께할 친구들이 모두 아이의 엄마나 아빠가 될 거란 것도 미처 예상하지 못했다. 더구나 정말로 나 혼자만 남게 될 줄은 생각지 못했다.

모든 확신이 빗나가고 아무도 떠나지 않았지만 어쩐지 혼자 남겨진 것 같은 아이러니한 세상의 입구에 서 있다. 이제 인정해야 한다. 나는 혼자 마흔을 맞을 것이고 이제 이 새로운 세상에서 나만의 삶을 시작해야 한다는 것을.

이 세상에서는 결혼한 사람들의 결혼하지 말라는 말도, 아이를 낳은 친구들의 우아한 싱글을 향한 부러움도 그리 위로가 되지 않는다. 떠나지 않았지만 떠나버린 것 같은 그들은 사십 대 싱글만의 고충을 모르기 때문이다. 애를 낳아 보지 않아서 아직 세상을 잘 모른다고 말하는 그들에게 "너는 마흔이 되도록 혼자가 되어 보지 않아서 몰라"라고 말하며 의연하게 혼자로 다시 돌아와야 하는 고충. 정말로 나만 인생을 지질하게 살고 있는가에 대한 고찰을 해야 하는 깊은 밤도 그들은 모른다. 우아한 싱글을 즐기라고 말하지만 왠지 모르게 언니가 된 것처럼 충고만 해대는 친구들의 혼자였던 시절을 회상하는 나의 깊은 밤을 말이다.

이해하려고 애썼던 삼십 대 후반이 저물고 있다. 결혼한 친구의 다이아를 이해하려 애썼고, 친구의 아이를 무조건 예뻐하기 위해 애썼고, 육아의 고충을 이해하기 위해 애썼다. 같은 세월을 살아왔다는 이유로,

친구라는 이유로 그들을 이해하려고 애썼지만 역시 이해가 되지 않았다. 나는 친구가 보고 싶었지만 친구 대신 친구 아기의 얼굴을 봐야 하는 것도, 우리 이야기를 하고 싶지만 친구 남편에 대한 이야기만 하는 것도, 왜 결혼을 하면 안 되는가에 대한 친구의 열변을 들어야 하는 것도 도저히 이해할 수 없었다.

이해해 보려 애쓸수록 내가 왜 이해를 해야 하는 건지 이해가 가지 않았다. 어느 순간부터는 인정하기 시작했다. 나는 그들을 이해할 수 없다고, 아니 굳이 이해하지 않아도 된다고. 우리는 같지만 다른 세상에서 살고 있다고.

확신이 없어도 되고 이해하지 않아도 된다는 것을 알게 된 세상의 입구. 이제는 일주일 뒤의 일조차 확신하지 않는다. 이제는 하나 남은 친구와 이해되지 않는 것들은 이해하지 말자고 이야기하면서도 또 우리 중 누가 먼저 떠나게 될지 생각해 보게 되는 시절이다. 친구에게 "우리 영원히 친하게 지내자"라며 새

끼손가락 걸고 약속했던 그때와는 다른 시절, 언제든 모든 이별과 나의 혼자를 쿨하게 받아들여야 하는 시절을 보내고 있다.

마흔 너머에도 새로운 세상이 있을 것이고, 더 깊숙이 들어가면 그 세상에 또 다시 익숙해질 것이다. 이십 대에서 삼십 대가 되었던 것처럼. 확신할 순 없지만 이해하지 않아도 되어 조금 더 너그러운 세상이 기다리고 있을지도 모른다.

기대해 보기로 한다. 타이트하게 마음을 졸여야 했던 삼십 대와 달리 느긋하게 더 넓고 다양한 각도로 주변을 관찰하는 나의 시선을. 느슨하게 풀어진 마음만으로도 충분히 좋은 일상을 보낼 수 있다고 말해 주는 나의 날들을.

바다에 빠질 순 있지만
오래 머물 순 없어

한동안 무기력의 바다에 빠져 있었다. 지금 이 순간도 완전히 그 바다에서 나왔다고 할 순 없지만 조금 나아진 것은, 내가 바다에 빠졌다는 사실을 인지하고 파도를 받아들이기 시작했다. 그리고 헤엄치는 중이다.

어른이라고 불리게 된 이후 우리는 어디에든 빠진다. 실망의 바다, 무기력의 바다, 후회의 바다, 때론 좌절과 질투의 바다에도 빠진다. 그럴 때마다 왜 나만 바다에 빠질까, 왜 나만 자꾸 발을 헛디디나 생각했다. 하지만 내가 고민해야 할 건 '왜 자꾸 빠지는가'가 아니라 '어떻게 바다에서 빠져나갈까'였던 것 같다.

이제는 안다. 바다에 빠지는 순간 가장 먼저 해야 할 행동 요령은 찬찬히 주변을 살피고 어떻게 이 바다에서 빠져나갈지 생각해 보는 거란 걸. 바다에 빠졌을 때, 이 바다를 빠져나갈 방법에 대해 침착하게 생각하다 보면 이왕 빠진 거 글을 쓰는 내가 건질 건 없는지, 즐길 구석은 없는지 하는 것들을 떠올려 볼 정도의 여유가 생긴다.

한동안 무기력의 바다에 빠져 있었다. 지금 이 순간도 완전히 그 바다에서 나왔다고 할 순 없지만 조금 나아진 것은, 내가 바다에 빠졌다는 사실을 인지하고 파도를 받아들이기 시작했다. 그리고 헤엄치는 중이다. 사계절의 변화에 의문을 갖지 않고 온전히 받아들이듯 내 기분의 변화를 있는 그대로 받아들이고 기분의 파도에 따라 헤엄을 치며 물살에 몸을 맡기기도 한다. 그러다 보면 주변의 것들이 보이며 이런 사유들이 생긴다.

그래 한번 움직여 보자.
무모하게 아무나 만나 보자.
가볍게 모임에 참석해 보자.
손익계산은 따지지 말고 좋아 보이는 것들을 무작정 시작해 보자.

지난 주말, 틈만 나면 무기력증에 우울한 기분이 들어 노트북을 가방에 찔러 넣고 무작정 집을 나섰다. 제일 만만한 스타벅스로 갔다. 커피를 받아 들고 자리에 앉았는데, 노트북을 열다가 한 모금도 마시지 않은 커피를 모두 바닥에 엎질렀다. 겨우 단 한 컵의 액체가 쏟아졌을 뿐인데 바닥에 쏟아지니 어찌나 양이 방

대하던지 마치 내가 빠져 버린 무기력의 바다처럼 보여 잠시 동안 할 말을 잃었다.

정신을 차리고 카운터로 가서 "죄송하지만 커피를 쏟았다"고 말했다. 확인한 스타벅스 직원분은 곧바로 내가 앉은 자리로 와서 쏟아진 커피를 말없이 닦아 주었다. 그리고 나를 올려다보며 물었다.

"혹시 옷은 안 젖으셨나요?"

괜찮다고 답했더니 웃으며 "다행이네요. 음료는 새로 만들어 드릴 테니 카운터로 오세요"라고 말하고는 돌아갔다.

음료를 엎지르는 순간 '오늘은 커피를 한 모금도 마시지 못하겠구나' 하는 생각에 내 자신을 죽도록 원망했다. 커피 한 잔에 이렇게 나를 미워할 수 있나 싶을 만큼. 무기력한 마음에 허둥지둥 집을 나왔고 나오자마자 커피를 모두 쏟아 버려 울상이 되었다. 커피가 바닥에 쏟아진 순간 함께 쏟아지는 주변 사람들의 시선과 허둥대는 내 모습에 눈물이 핑 돌았다.

주저앉아 울어 버리고 싶은 때에 가장 도움이 되는 건 누군가의 따뜻한 친절일까. 카페 직원분의 따뜻한 말 한마디와 빠른 수습 덕분에 지하 바닥으로 떨어졌던 기분은 재빨리 정상 범주로 돌아왔다. 다시 커피를 받고 감사 인사를 한 후 야무지게 커피를 마시며 이런 생각을 했다.

'오늘 나오길 정말 잘했다. 바다에 빠질 순 있지만 오래 머물 순 없지!'

살다 보면 원치 않게 어떤 바다에든 빠질 수 있다. 그러나 바다에서 어떻게든 빠져나오려는 노력은 내가 얼마든지 할 수 있는 일이다. 바다에 빠졌다고 우울해하고만 있으면 점점 가라앉기나 하지. 바다에 빠졌을 때는 어떻게 한다? 무조건 빠져나오는 거다. 오케이?

나의 밤 열 시가 반짝거리기를

회사원으로만, 그 속에서 일하는 나로서 내가 존재하고 평가되는 건 무기력하다. 회사원으로만 살다가 죽지 않으려면 회사원인 이 순간, 지금 이 밤들을 그저 견디는 게 아니라 여러 가지의 나로 살 아야 한다.

　　회사원의 월화수목, 일요일 밤들이 마음에 들지 않는다. 밤 열한 시가 되면 엄마는 어김없이 묻는다.

　　"안 잘 거야?"

　　내일 출근을 위해 수면 시간을 규칙적으로 맞춰야 한다는 사실이 열 시부터 나를 초조하게 한다. 초조한 마음으로는 순간을 즐길 수 없다.

　　나는 글을 쓰는 것이 좋다. 키보드를 두드리는 소리도, 촉감도 마음에 쏙 든다. 매일 글쓰기를 시작하며 밤 열 시부터 새벽 한 시까지의 시간이 조금 좋아졌다. 아직은 '자야 하는데⋯⋯' 하는 생각에 밤 열 시부터 초조해지는 100% 회사원이라 내일 출근하는 날들의 밤은 그리 순조롭지 못하다. 일요일 밤이면 부담이 더해져 축 가라앉는다. 마흔에, 100% 회사원에, 독립도 하지 못하는 내가 더욱 선명해지는 밤이다.

　　오래전 모델 장윤주의 인터뷰를 보며 나의 이십 대를 뼈저리게 후회한 적이 있었다. 자신의 이십 대는 어땠냐는 질문에 최선을 다해 좋아하는 일을 했고 많이 여행했다는 그녀는 더할 나위 없는 이십 대를 보냈다고 답했다. 더할 나위 없는 이십 대란 건 어떤 걸까? 그때 한 번 깊은 후회의 바다에 빠졌더랬다. 그리고 삼십 대의 깊은 골짜기를 지나며 또 한 번 후회의 바다에 빠진 적이 있었다.

그후 나는 일기장에 적힌 문장을 고쳐 썼다. "후회 없는 인생을 살자"에서 "후회 없는 인생은 없다. 다만 후회의 바다에 오래 빠져 있지 말자"라고.

후회의 바다에서 슬기롭게 빠져나올 수 있는 사십 대를 보내고 싶다. 더할 나위 없는 삼십 대는 아니었더라도 살아 낸 모든 기억을 재산 삼아 즐거운 사십 대가 되기를 바란다. 그러기 위해서는 적어도 밤 열 시부터 초조한 날들을 보내지는 말아야겠다.

회사원으로만, 그 속에서 일하는 나로서 내가 존재하고 평가되는 건 무기력하다. 회사원으로만 살다가 죽지 않으려면 회사원인 이 순간, 지금 이 밤들

을 그저 견디는 게 아니라 여러 가지의 나로 살아야
한다.

　　우리가 죽도록 열심히 해야 할 것은 누군가를 위
한 일이 아니라 '내가 좋아하는 무언가를 찾는 것'이
다. 지금 나에게는 이 짙은 회사원 농도를 낮출 수 있
는 게 바로 글이다. 글 쓰는 나를 발견해서 다행이다.
글 쓰는 일만큼은 무모함으로 밤 열 시의 초조함을 이
겨 낼 수 있다.

　　글 쓰는 내가 회사원인 나를 이기기를 바란다. 나
의 소중한 밤 열 시를 무기력하게 만드는 회사원이기
보다, 좋아하는 것들을 계속 해 나가는 사십 대의 내
가 되길 바란다. 그것들로 인해 돈을 벌고 많은 사람
들과 이야기할 수 있는 어른이 되기를. 더불어 모든
회사원들이 행복했으면 좋겠다. 그들의 밤 열 시가 반
짝거리기를 바란다. 모든 회사원들의 밤 열 시에 자신
만의 반짝이는 것이 기다리고 있기를, 사표를 내지 않
아도 될 나만의 일을 찾기를.

불금 말고 쿨금 어때요?

어느 순간부터 점점 나만의 금요일을 생각하기 시작했습니다. 나의 행복, 나의 재미, 내가 좋아하는 사람들과 나만의 금요일을 만들어 가고 있습니다. 뜨겁지는 않아도 재밌는 나의 금요일을 만드는 일은 지금 이 순간의 나를 이해하고 인정하는 일인 것 같습니다.

　　일주일의 중간을 넘긴 시점, 목요일입니다. 목요일에는 조금 피곤을 느끼는 나이가 되었어요. 체력적인 느낌들은 대부분 언니들의 말이 맞아 떨어지면서 나이를 실감하곤 합니다. 목요일 오후 네 시, 사람이 가장 못생겨지는 시간이라고 하더라고요? 예전에는 몰랐는데 요즘 격하게 공감합니다.

　　목요일은 약간의 피로와 다음 날이 금요일이라는 사실이 주는 해방감이 섞인 날입니다. 화요일은 피곤해서 맥주 한 캔, 수요일은 약속이 있어서 맥주 한 캔, 오늘은 목요일이니까 맥주 한 캔을 마실 겁니다. 일주일에 두 번만 마시자고 나와 약속을 하지만 별일 없는 순한 맛 일상에도 하루 한 캔의 맥주는 디폴트값이 되어 버렸네요. 우리의 저녁을 행복하게 해 주는 맥주 한 캔, 그냥 마시기로 합니다. 이건 누구도 아닌 나만의 행복이니까.

　　내일은 금요일이에요. '불금'이란 단어가 무색하게 내일도 순한 맛일 테지만 모두 불태우실 필요는 없어요. 우리 불금이란 단어에 자신을 초조하게 몰아붙이지 말고 느긋하게 금요일을 시작해요.

안 그래도 되는데 자꾸 우리는 누군가의 눈치를 봐요. 인싸 같은 거 안 하면 어때요. 괜찮아요. 인싸도 알고 보면 엄청 외로워요. 인싸가 되어도 외로울 거 그냥 하지 말아요. 피곤하잖아요. 여름이니까 그냥 쿨금 합시다. 한여름의 직장인에게는 쿨함이 더 필요해요. 그만 뜨거워져요, 우리.

여름마다 하는 생각이지만 여름의 회사원에게는 사무실만 한 곳이 없습니다. 점심 먹으러 나갔다가 사무실로 돌아왔을 때 느끼는 그 쾌적함, 직장인이라면 공감하실 거예요. 그러나 한 시간의 점심시간은 항상 아쉽군요. 복지 좋고 점심시간 길다는 그런 회사는 뉴스에서만 보네요.

저는 타이트하게 한 시간, 그 짓도 10년 넘게 하니까 이제는 몸이 알아서 12시 59분에 사무실로 돌아오게 됩니다. 12시 40분부터 초조해지거든요. 그래도 점심시간을 함께하는 친한 동료들이 있어 정말 다행입니다. 찰나의 점심시간이지만 우리는 샐러드도 먹고, 짜파구리도 먹고, 스타벅스도 가거든요. 찰나를 최대한으로 즐기는 우리의 동선이 마음에 들어요.

　오늘, 금요일 점심은 외식입니다. 우리는 아침 인사를 나눈 후 오늘의 메뉴를 뭘로 할지 정해요. 평일에는 다이어트식을 먹는다 해도 금요일에는 무조건 점심을 푸짐하게 즐기기로 약속했습니다. 점심 식사 하나로 우리의 금요일을 특별하게 만드는 거죠. 그래서 금요일에는 기분이 좋습니다. 마음이 맞는 사람들과 맛있는 점심을 먹을 수 있으니까요.

　가끔은 함께 로또도 사곤 합니다. 같이 1등이 될 생각하면 두 배로 행복해요. 일주일치의 행복을 딱 5000원에 사는 거죠. 한 명만 1등에 당첨되더라도 각자가 원하는 걸 해 주기로 했습니다.

　금요일의 맛집과 5000원으로 오늘도 우리만의

금요일을 보냅니다. 나의 금요일이 불금이 아니어서 속상한 날들이 예전에는 많았어요. 나만의 아주 작은 행복을 즐기기보다는 바깥에서 '행복이라 불리는 것'들을 좇았었죠. 이 행복 저 행복을 경험해 봤지만 내 행복은 아니었어요.

어느 순간부터 점점 나만의 금요일을 생각하기 시작했습니다. 나의 행복, 나의 재미, 내가 좋아하는 사람들과 나만의 금요일을 만들어 가고 있습니다. 뜨겁지는 않아도 재밌는 나의 금요일을 만드는 일은 지금 이 순간의 나를 이해하고 인정하는 일인 것 같습니다. 그때그때의 나를 알고 나에게 맞는 금요일을 보내는 것, 과거도 미래도 아닌 현재를 살아가는 방법일지도 모르겠습니다.

이별을 알게 된 여름밤, 너에게

인생에서 진짜 중요한 게 뭔지 이제 아주 조금 알 것 같지 않아? 마냥 싫고 끔찍했던 나이 앞에서 같은 두려움을 느끼고 있는 네가 있어서 든든해. 허세 부릴 열정은 이제 다 식었으니 무서울 때는 이렇게 같이 이야기하면서 맛있는 저녁을 먹자.

유학, 코로나 바이러스, 결혼, 출산, 일, 퇴사, 죽음 등 많은 것들에 의해 우리 인생은 변화를 맞이한다. 크고 작은 수많은 변화들 속에서 때로는 같은 길을 가기도 하고, 각자의 길을 찾기도 하며, 만남과 이별을 반복한다. 만남이 조금씩 깊어지고 서로가 서로에게 의미 있는 인생이 될 때쯤 단호하게 이별을 맞이해야 한다는 걸 암묵적으로 알게 된 여름밤, 우리는 마흔의 코앞에 서 있었다. 지나온 이별들과 앞으로 겪게 될 새로운 이별들을 생각하며 삶이란 무엇일까 하고 멈추어 두루 살피는 나이, 마흔 말이다.

삶에는 정답이 없다고들 하는데 40년을 나로 살아온 후에도 내가 가야 할 길을 모르는 것은 생각보다 두려운 일이다. 이 두려움을 가장 깊이 끄덕여 줄 사람은 같은 나이를 살고 있는 사람이다. 너는 어떠냐고, 너도 이렇게 초조하고 두렵냐고 친구는 물었다. 무거운 끄덕임으로 대답을 대신했다.

새로움도 변화도 아무것도 없이 마흔이 되기에

두려운 우리는 그 문 앞에서 주저하고 있다. 딱히 우리에게 도움이 될 만한 말이 없어 오랜만의 만남을 뒤로하고 다시 각자의 영역으로 돌아갔다. 집으로 돌아오는 길에서야 너에게 해야 했던 말들이 와르르 밀려왔다. 나는 너에게 이런 말들을 해 주고 싶었다.

누가 무슨 짓을 해도 우리의 하루가 그로 인해 결정되지 않도록 마음을 단단히 하자.

어떤 상황에 놓여도 그 상황 속에 빠지지 말고 옥상으로 올라가 관찰하자.

'지금 나는 나답게 살고 있는가?'라고 끊임없이 묻고 답하자.

상황이 마음에 들지 않는다면 그 상황 속에서 나를 꺼내 주자.

무엇보다 중간중간 꼭 쉬어 주도록 하자. 마음 주변의 근육은 단단하게, 마음은 말랑하게 유지해야 하니까. 어느 영화에서 말랑한 마음이 낭만을 만든다고 하더라. 낭만이 없으면 인생이 빨리 말라 버린다나.

나의 낭만은 오른쪽 책상 서랍에 숨겨 둔 초콜릿과 맥주 한 캔이야. 꺼내 먹어도 좋고 그냥 열어서 잘 있는지 보기만 해도 좋은 그런 거 말이야. 좋은 기억도 그렇게 넣어 놓고 언제든 열어 볼 수 있으면 얼마나 좋을까.

삼십 대 깊은 골짜기를 지나 더 큰 산 앞에 서 있는 기분, 두렵지 않은 게 이상하지. 내 서랍 속 초콜릿 같은 좋은 기억이 조금씩 희미해지는 것도 아쉽고 공허해. 하지만 생각해 보면 우리 조금 단단해진 것 같아. 두려울 때는 몸을 움츠리고서 감사하고 미안하다고 상황에 따라 말할 줄 알게 된 것, 난 그것만으로도 예전의 우리보다 조금 단단해진 기분이거든.

인생에서 진짜 중요한 게 뭔지 이제 아주 조금 알 것 같지 않아? 마냥 싫고 끔찍했던 나이 앞에서 같은 두려움을 느끼고 있는 네가 있어서 든든해. 허세 부릴 열정은 이제 다 식었으니 무서울 때는 이렇게 같이 이야기하면서 맛있는 저녁을 먹자. 이제 우리에게 중요한 건 그런 거 아니겠어?

　　네가 한 말이 마음에 남는다. 이별을 하며 산다는 게 이제 뭔지 알겠는데, 또 한편으로는 이제야 뭔가를 아주 잘해 보고 싶은 마음이 든다고. 사람들이 생각하는 마흔이란 나이와 달리 우린 아직 더 즐길 수 있고 뭐든 더 해 볼 수 있다고 생각해. 예전보다 줄어든 무모함 앞에서 망설이는 시간이 늘겠지만 그만큼 예전에는 없었던 각자의 경험치가 우리의 무기가 될 테니까.

　　확실하게 예상해 볼 수 있는 건 앞으로 더 많은 이별을 하고 살게 되리라는 게 짠하고 짠하다. 이제 더 늘어날 작고 큰 이별에 슬퍼질 때가 많더라도 지금처럼 주저앉지는 말자. 공허하고 지친 마음이 될 때가 많겠지만 소중한 것에 집중하고 마음을 편안히 가질 수 있는 우리의 단단한 사십 대를 기대해 본다.

저녁 시간을 돌려받고 나서야

내가 출근길에 웃음이 나고 퇴근길에 무겁지 않은 마음을 가질 수 있다니, 나보다도 내 주변 사람들이 더 신기해한다. 동생은 좀비가 인간으로 거듭난 것 같다고 했고, 먹고 싶은 파스타를 요리하는 진풍경이 내 저녁에 펼쳐졌다.

우와……한 어른 생활

과거의 내 출근길은 절망을 마주하는 시간이며, 타인의 불행한 표정과 무거운 한숨을 보험 삼아 안도하는 시간이었다. 나만 불행한 것은 아니라고 마음속으로 되뇌며 지옥철 한 칸에서 쉬어지는 한숨의 개수를 세어 보곤 했다.

퇴근길에는 이 지하철 안에 한 자락 한숨이라도 보태는 사람이 되지 말자고 생각했다. 립스틱을 꺼냈다가도 닳아지는 게 의미 없어서 다시 가방 속으로 넣곤 했다. 야근이 일상이 되어 립스틱조차 바를 필요가 없는, 힘듦을 어필하는 얼굴이 되어 보이기 위해서. 그렇게라도 나의 힘듦을 티 내지 않으면 사람들이 나를 야근과 밤샘이 일상이어도 힘들지 않은 사람이라고 생각할까 봐 점점 더 확실하게 불행해졌다. 온 얼굴로 '지금 내 삶은 의미 없음'을 드러내고 다녔다.

그런 내가 출근길에 웃음이 나고 퇴근길에 무겁지 않은 마음을 가질 수 있다니, 나보다도 내 주변 사람들이 더 신기해한다. 동생은 좀비가 인간으로 거듭

난 것 같다고 했고, 먹고 싶은 파스타를 요리하는 진
풍경이 내 저녁에 펼쳐졌다.

　나는 회사원이 된 지 13년 만에 저녁을 돌려받았
다. 이렇게 멀쩡한 정신으로 회사를 다닐 수도 있다는
걸 13년차 회사원이 되고서야 알게 됐다. 연봉 최고점
을 찍었을 때를 떠올렸다. 근로계약서를 쓰던 그 순간
의 짜릿함은 불과 몇 분 유지되지 못한 채 거대한 무
게의 책임감이 내 두 손에 쥐어졌다.

　높은 연봉만큼 너를 불태워 회사를 빛나게 해 달
라는, 엄마처럼 팀의 모든 것을 떠안는 리더십 있는
팀장이 응당 되어 줄 것을 요구하던 사장님의 얼굴이
떠올랐다. 감기 기운에 기분이 좋지 않다며 엔터 키를
공격하던 김 대리, 업무 능력에 대한 이야기 도중 감
정이 격해져 팀장의 자질을 지적하던 아무개 사원도
덩달아 떠올랐다. 오싹했다. 나는 그들의 엄마도, 팀
장도 되어 줄 수 없었다. 무조건 모든 걸 참아 내기만
하고 나 혼자 무언가 대단한 존재가 되어 주기만 하는

게 리더십이라면 나는 그 리더십과 무관한 삶을 살겠다고 다짐했다. 그리고 나에게 불행이었던 그 모든 것들을 모두 포기했다.

분노와, 인간에 대한 적개심으로 마음을 가득 채우고 회사를 다녔었다. 화로 가득해 더 이상 마음에 공간이 없다고 생각한 어느 날, 나는 회사원이기를 포기했다. 마음속 그것들을 다 비워 내는 데 2년이라는 시간이 걸렸다.

말끔하게 마음을 비우니 자연스레 다시 회사원이 될 수 있었다. 참고 버티기만 하는 회사원이 아니라 언제든 내가 불행해지면 그만둬도 되는 아싸 영역의 회사원이 되었다. 타인의 인정과 칭찬을 깨끗하게 포기하고 언제든 "이상하다"는 소리를 들을 준비가 되어 있는 회사원 말이다.

덕분에 나는 이제 더 이상 출근길에 한숨의 개수를 세어 보지 않는다. 퇴근은 곧 올 것이기에 출근이 괴롭지 않다. 그렇게 일주일을 보내고 한 달을 보내면 조그마한 월급을 받을 수 있기에 마음이 순해진다.

내 마음이 순해져서인지, 내 인생의 복병들이 조금은 힘을 잃는 것도 같다. 새롭게 만나는 동료들도 모두 마음이 순하다. 팀장이 아니어도, 리더십이 없어도, 더 잘하려고 노력하지 않아도 나는 작은 월급을 받고, 저녁에는 맛있는 파스타를 만들어 먹는다.

나의 저녁을 돌려받고 나서야 나는 웃으며 회사를 다니고 있다.

사랑하는 나의 초록색 테이블

내가 좋아하는 것들로 채워진 공간, 상상만 해도 좋지 않은가. 대단한 부와 명예를 바라거나 내 손에 잡히지 않는 미디어 속 행복을 좇는 것이 아니라 지금 이 순간 누구도 아닌 나를 행복하게 해 주는 것들을 눈치 보지 않고 바로 할 수 있다는 것도.

　　태어나 지금껏 함께 방을 써 왔던 우리 자매는 35년 만에 생긴 각자의 방을 자신만의 취향대로 꾸미면서 잃지 않은 스스로의 취향을 따뜻하게 느꼈다. 몇 십 년이 되도록 한방을 쓰면서도 취향이 없는 사람이 되지 않은 것에 대해 축하를 하며 아직도 정리되지 않은 짐들 사이에서 와인 한 병을 비웠다. 와인을 다 마신 후에 각자의 방으로 돌아가는 일상적인 일이 우리에겐 설렘으로 느껴졌다. 함께 방을 썼을 땐 밤이 새도록 수다를 떨었었지만 방을 따로 쓰면서부터 서로의 낮과 밤을 존중하는 법을 뒤늦게 배웠다. 아주 오랫동안 한방을 쓰면서도 크게 싸워 본 적 없는 우리의 배려심도 새삼스레 축하했다.

　　내 방이 생긴 후 나는 내 방에 들어갈 때마다 문을 닫고 제일 먼저 소리 내어 말한다.

　　"나보다 남을 더 좋아하지는 말자. 내 마음보다 남의 마음을 우선시하지 말자. 내 마음이 다치는 게 이 방에선 가장 큰 문제야. 이곳에서만큼은 내 마음에 문제가 발생하지 않는 것에만 신경 쓰자."

나는 어릴 때부터 '공간'에 대한 낭만이 있었다.

나는 나의 공간이 그런 공간이길 바랐다.

노력하지 않아도 언제든 몰입할 수 있는 공간. 모든 것이 나를 위해 존재하는 공간. 마음껏 울 수 있는 공간. 내 안에 시무룩하게 쪼그려 앉아 있는 아이가 웃을 수 있는 공간. 타인에게 다정하지 않아도 되는 공간. 해야 할 일의 목록보다 지금 당장 내가 그리고 싶은 그림이 우선이 되는 그런 공간.

대학을 졸업하고 사회인이라 불리던 시점부터 규격 사이즈보다 더 큰 테이블은 나에게 주어지지 않았다. 내가 사고 싶은 가구들은 결혼하고서나 사라는 엄마의 적극적인 만류 때문이었다. 하지만 나는 늘 더 큰 사이즈의 테이블에 목말랐다. 120센티 규격 사이즈의 테이블은 나의 쓸모없는 여러 취미와 낭만을 담기에 부족했다. 무엇보다 위로가 되지 않았다. 때문에 지금껏 나에게 주어진 공간은 언제나 협소했다. 회사에서도 방 안에서도 언제나 규격 사이즈, 120센티를 넘지 않는 공간이 주어졌다. 그조차 혼자만의 공간이 아니어서 어떤 공간에서도 누군가의 눈치를 보게됐다.

누구에게나 주어지는 공개적 규격 사이즈 안에서는 진짜 나로 살 수 없다. 고단한 어른 생활이 계속될수록 나 혼자만의 공간에 대한 갈증이 심해졌다. 어른 생활의 치트키인 연말정산을 내일로 미루고 멍하니 누워 하루쯤 천정만 바라봐도 되는 공간이 절실했다. 어른 생활에 필요한 여러 가면들은 문밖에 두고 오롯이 진짜 나로 지낼 수 있는 나만의 영역이.

내 공간에 대한 갈증 때문에 나 홀로 여행을 갔다가 반나절 꼬박 혼자 울었던 날, 새벽 창가가 밝아지는 걸 느끼고 창문을 열었다. 떠오르는 해와 함께 한 가지 생각도 떠올랐다.

'더 이상 미루지 말고 나만의 공간을 만들자. 어

른일수록 혼자 마음껏 울 공간이 필요해.'

막연하게 하고 싶다고 생각만 했고 늘 하고 싶은 일 목록에서 두 번째로 밀려나곤 했던 독립이 간절해진 건 혼자서 떠난 한 달 간의 제주살이 이후였다. 간절하지 않을 땐 그것을 하지 않아도 될 이유만 찾았는데 나만의 공간이 간절해지자 어떤 이유도 나를 막지 못했다.

마흔의 가을, 나는 처음으로 커다란 내 방을 가졌다. 내가 원하는 곳에 창문을 내고 벽을 새로 만들었다. 침대가 놓일 자리 위에 작은 등과 스위치도 달았고, 2년 전부터 장바구니에 있던 200센티의 거대한 초록색 둥근 테이블을 구입했다. 나에게 주어진 규격 사이즈의 공간을 탈피하는 순간이었다.

마침내 주어진 커다란 내 초록색 영역에 내 응축된 낭만을 마음껏 풀었다. 원래부터 내 것이었던 것처럼 순식간에 초록색 테이블에 익숙해졌다. 내 마음의 안위가 가장 우선인 곳, 내 방. 내 사랑하는 커다란 초록색 테이블이 있는 곳. 가끔 이 초록 위에 팔을 베고 누우면 나를 위한다는 어떤 타인들보다도 내 자신이 나를 가장 아낀다는 사실을 깨닫게 된다.

더 마음에 드는 내가 되는 방법은 바깥세상에서 배우는 건 줄만 알았는데 알고 보니 모두 사랑하는 내 초록색 테이블 안에서 발생된 것이다. 자극은 언제나 바깥에서 오지만 발전과 변화는 자신만의 단단한 고독의 세계에서 일어난다. 힘이 들수록 타인에게 도망갈 것이 아니라 나만의 공간 속으로 도망쳐야 한다.

내가 좋아하는 것들로 채워진 공간, 상상만 해도 좋지 않은가. 대단한 부와 명예를 바라거나 내 손에 잡히지 않는 미디어 속 행복을 좇는 것이 아니라 지금 이 순간 누구도 아닌 나를 행복하게 해 주는 것들을 눈치 보지 않고 바로 할 수 있다는 것도. 자신의 행복을 위해 사소한 것 하나도 할 줄 몰라 인생의 많은 날을 우왕좌왕 흔들리며 방황했지만, 내 마음대로 울고 웃고 화를 내는 나만의 공간이 생긴 후로 나의 세계가 이전보다 단단해졌음을 느낀다.

그 무엇으로도 위로가 되지 않을 때가 반드시 오는 게 어른 생활이라면 사랑하는 나의 초록색 테이블은 내 어른 생활의 필요충분조건이다. 자기다움을 내세우기보다 규격 사이즈 속에서 무난한 존재가 되기를 종종 요구받는 어른들에게, 사랑하는 나의 초록색 테이블처럼 자기다울 수 있는 그런 공간이 하나쯤은 있기를 바란다.

자존감보다 자기 연민

바깥에서 찾는 위로는 내가 직접 겪고 살아 내는 내 삶과는 조금씩
어긋나서 닥치는 대로 수용하긴 어려웠다. 그때부터 생긴 습관이
셀프 위로다. 내가 하는 위로만이 나를 만족시킬 수 있었다.

일도 사람도 내 뜻대로 되지 않아 언짢은 하루였다. 컨디션마저 좋지 않아 피곤했다. 하던 일을 그만두고 집으로 가 버리고 싶은 충동이 일었지만 습관처럼 적당히 웃고 책임을 다했다. 오랜 회사원인 나는 이제 로봇처럼 출퇴근 모드가 자동으로 온오프 된다.

일이 끝나고 집으로 돌아왔지만 기분이 좀처럼 나아지지 않았다. 멍하게 몇 시간을 보내다 겨우 몸을 일으켜 머리를 감으면서 문득 며칠 전 사 뒀던 와인과 예쁜 와인 잔이 생각났다. 깨끗이 씻은 후 와인을 마실 생각을 하니 곧바로 웃음이 났다. 날 위해 준비된 전용 위로를 떠올리는 것만으로 나쁜 기분이 깡그리 날아가 버렸다.

"그렇지 날 위로하는 방법은 내가 제일 잘 알지. 뭘 바랬던 거야? 내 기분을 누구한테 기대해."

한때 '열심히'의 완전체로 살았다. 어떤 삶을 살고 어떤 사람이 되든 그것의 완전한 이유가 되고 싶었다. 완벽한 어른이 되려 애쓰니 아등바등 살게 됐고,

늘 뭔가를 아주 열심히 했지만 기대만큼 채워지는 법이 없었다. 오히려 텅 비어 가는 내 자신을 끊임없이 위로해야 했다. 하지만 어떤 위로도 와 닿지 않았다.

바깥에서 찾는 위로는 내가 직접 겪고 살아 내는 내 삶과는 조금씩 어긋나서 닥치는 대로 수용하긴 어려웠다. 그때부터 생긴 습관이 셀프 위로다. 내가 하는 위로만이 나를 만족시킬 수 있었다. 자신에 대한 수많은 실망 속에서 내 손을 잡아 일으킨 건 역시 내 자신에 대한 친절이었다. 그때는 몰랐지만 나는 이것이 '자기 연민'이라는 사실을 한 기사를 통해 알게 됐다.

자기 연민에 관한 연구를 처음 시작한 텍사스대 교육심리학 크리스틴 네프 부교수의 2012년 연구 결과에 따르면, 자신에게 상냥한 태도로 대하면 자기비판이나 과도한 자기방어에 빠지지 않고 느긋한 태도로 위기를 극복할 수 있다고 한다. 언젠가 나를 아끼는 친구가 썼듯 내 자신에게 편지를 쓴 적이 있었는데, 이 또한 자기 연민을 실천하는 방법이라는 기사의 내용을 보고 놀라웠다. 어쩌다 보니 나는 때때로 자기 연민을 실천하고 있었던 것이다. 내가 상처를 받았을 때 회복하는 능력이 탁월하다는 말을 종종 듣는 것도 자기 연민이 정신적 회복력을 높인다는 네프 교수의 연구 결과와 같은 맥락이다. 네프 교수는 "자존감은 성공과 자신을 좋아하는 사람들에 의해 좌우되기 때문에 안정적이지 않아서, 좋은 날에는 자존감이 있을 수 있지만 나쁜 날에는 없을 수도 있다"고 말했다.

"너는 말이야, 자존감이 낮아."
나는 사람들이 자존감이 높네, 낮네 비교하면서 타인을 함부로 평가하는 게 늘 마음에 걸렸다. 스스로 자존감이 낮다며 우울해하는 지인들을 만나면 자존감 좀 측정하지 말고 떡볶이나 먹자고 말한다. 요즘 유행인 MBTI도 자신을 알기보다 타인을 평가하고 비교하는 용도로 더 많이 쓰인다고 한다.
자존감 측정은 과열 경쟁을 일으키고 비교를 용

이하게 하는 반면에 자기 연민은 비교도 경쟁도 필요 없는 혼자만의 일이다. 네프 교수의 말대로 자존감이 높은 사람은 타인과의 비교에서 실패한 자신을 탓하고 좌절할 수 있지만, 실패한 자신일지라도 인정하고 용서할 줄 아는 사람이라면 자신이 원하는 바를 이룰 때까지 포기하지 않을 수 있다. 무엇보다 스스로에게 친절한 사람은 따뜻하고 매력적이다.

몇 년 전 우연한 기회로 프로필 사진을 촬영했던 날, 누군가가 나의 움직임과 표정에만 집중해 주는 느낌이 좋았다. 그 순간만큼은 마치 내가 중요한 사람, 꼭 필요하고 유일무이하며 소중한 존재가 되는 황홀한 기분이 들었다. 몇 년 후 두 번째 프로필 사진 촬영을 하면서 매년은 아니더라도 주기적으로 프로필 사진을 찍어 보겠다고 생각했다. 타인과의 비교와 경쟁에서 벗어나 오롯이 나에게 집중하고 보듬어 주는 시간을 이렇게라도 가져 보자고.

휴대폰 메모 어플에 짧막한 메모들이 쌓일 때 기분이 좋다. 그 순간만큼은 '이 정도면 나도 타고난 작가 아닌가' 하는 생각에 우쭐해진다. 메모장에 쌓인 낱말들이 결국 쓰레기통행이라 할지라도 일단은 쌓아 놓고 보는 거다. 그래야 파먹을 건 파먹고 버릴 건 버릴 거 아닌가. 엄청나게 좋은 글을 쓰겠다는 희망이야 가질 수 있겠지만 인공지능 로봇도 아닌 내가 어떻게 매번 대단하고 좋은 글을 쓸 수 있을까? 성패와 상관없이 스스로 우쭐하는 일을 계속해 나가며 설사 실패해도 쫄지 않는 내가 좋다. 자존감은 높잖아도 그런 나를 탓하지 않고 조금씩 더 따뜻하고 친절해지는 내가 되고 싶다.

겨울 다음에는 봄이 온다,
누구에게나

'빠져나가는 가장 좋은 방법은 통과하는 것'이라는 시인 로버트 프로스트의 말처럼 외로움 속을 뜨겁게 통과한 여름날의 초입에서 마법처럼 나의 한 사람을 만났다.

우와……한 어른 생활

'절기는 과학'이라더니 처서가 지난 오늘밤은 한
낮의 뜨거움을 잊은 듯 쌀쌀하기까지 했다. 누룽지 통
닭을 처음 먹어 보는 사람처럼 맛있게 먹은 후 규르의
손을 잡고 제법 쌀쌀해진 저녁을 오래도록 걸었다. 떠
올리면 온통 회색빛이었던 여름이 끝나서인지, 쌀쌀
해진 바람 탓인지, 아니면 이제 낯설게 느껴지는 추억
의 동네를 규르와 함께 걸어서인지 아무튼 애틋한 밤
이 되었다.

1년 전 그 동네에서 나는 삶의 통로가 꽉 막힌 느
낌이었다. 삼십 대의 마지막 해였다. 이대로 사십 대
가 되면 안 될 것 같은 불안함에 막막했다. 변화가 필
요했다. 꽉 막혀 터지기 직전인 상태의 내가 할 수
있는 거라곤 환경을 바꾸는 것밖에 없었다. 이사를
가자!

15년을 살던 서울에서 벗어나 예상보다도 훨씬
한적한 곳으로 이사를 한 후 환경이 바뀐 딱 그만큼
변화가 생겼다. 서울에서는 혼자서 어디로든 나갈 수

있어 쉽게 외로워지지 않았다. 전시관, 북적거리는 카
페, 소품 샵, 맛집이나 핫하다는 동네로 가서 구경하
는 재미가 있었다. 이도 저도 성에 차지 않으면 가끔
인천공항에 가서 그야말로 사람 구경을 하며 삶의 활
기를 대리만족했다. 외롭지 않기에 충분한 도시였지
만 종종 마음이 뜨거워져서 식힐 시간이 점차적으로
더 많이 필요해졌다. 그렇게 떠나온 서울이었다.

　서울이 풍요 속의 빈곤이라면 이사 온 곳은 정말
로 황량한 빈곤 그 자체였다. 해가 지면 인적이 드물
어졌고 체감상 해도 더 빨리 지는 것 같았다. 사계절
중 여름을 제외한 모든 계절이 겨울이라 불리는 곳이
었다. 확실한 환경 변화를 가장 먼저 체감한 건 오히
려 나였다. 가장 먼저 이사를 가자고 했던 나였는데
본격적으로 외로움 속에 던져지고 길고 긴 겨울을 견
디지 못해 가장 먼저 발버둥을 친 것도 나였다. 그 발
버둥 중 하나가 등산, 달리기였다. 다이어트를 위한
달리기를 억지로 한 적은 있어도 삶을 버티기 위한 달
리기를 한 건 처음이었다. 난생처음 스스로 아침 7시

마다 나가서 달리기를 했다. 인적 드문 밤은 황량함 그 자체였지만 번잡하지 않은 아침은 꽤 쓸 만했다. 소리를 치며 달리기를 할 수 있었다. 종교도, 희망도 없는 내가 황량한 외로움의 중심에서 외친 문장은 이랬다.

"이 계절이 지나면 나는 내 말에 제일 먼저 귀 기울여 주고 한결같은 마음을 가진 연하남과 사랑에 빠진다."

사십 대를 맞이하기 위한 통과의례였는지는 모르겠지만 나는 그 황량한 외로움을 정면으로 마주했고, 통과했다. '빠져나가는 가장 좋은 방법은 통과하는 것이다'라는 시인 로버트 프로스트의 말처럼 외로움 속을 뜨겁게 통과한 여름날의 초입에서 마법처럼 나의 한 사람을 만났다. 지난 겨울에서 봄까지 이른 아침마다 매일, 하루도 빠지지 않고 외쳤던 문장을 사람의 형상으로 만들어 놓은 모습이었다. 단숨에 알아봤다.

"나의 한 사람, 여기 있었네."

규르와 함께인 지금의 나는 삶 곳곳의 막히고 고장 난 통로들을 어려움 없이 고치고 뚫고 있다. 지난 겨울 내가 꽉 막혀 있을 때 가장 의지가 됐던 친구 아영의 말이다.

"큰 변화를 앞두고 꼭 견디기 힘든 일이 생기더라고요. 아주 크고 좋은 변화가 있으려나 봐요."

그 말에 의지해 몇 달을 버텼다. 좋든 나쁘든 어떤 변화가 있기를 간절히 바랐다. 나의 한 사람, 나만의 울타리가 생기려고 온 힘을 다해 그 겨울을 건뎠던 모양이다. 그러고 보니 내 생에 가장 힘든 겨울, 나 혼자만의 방이 생기지 않았더라면 어디서 마음껏 울었을까. 지금 생각해 보면 처음 내 방이 생긴 겨울에 가장 힘들었던 건 어쩌면 행운이었을지도 모르겠다.

겨울의 끝자락, 친구와 맥주를 마시며 그런 말을 했었다. 나의 한 사람만 있으면 살아진다고, 다 이겨 낼 수 있다고. 물론 그 한 사람이 없는 삶을 살면서도 어떻게든 애썼지만 마음속 깊숙이 자리잡은 최후의 외로움은 어쩔 수가 없었다. 채워지지 않는 마지막 공간, 그 구멍 때문에 언제나 조금씩 내 자신을 미워하게 됐던 것 같다.

마지막 그 작은 공간이 채워지자 일어난 놀라운 일, 내 자신을 있는 그대로 볼 수 있게 되었다. 규르와 함께 있을 땐 있는 그대로의 내가 된다. 지금 이대로의 내 모습이 썩 마음에 들고 나의 좋은 면들이 하나씩 더 빛을 발한다. 나의 한 사람으로 인해 내가 더 좋아진다. 마음의 빈 공간은 채워졌지만 여유 공간은 더 넓어진다. 그로 인해 순조롭지만은 않은 상황들도 가볍게 넘길 수 있는 힘이 생긴다.

확실히 좋은 일은 나쁜 일의 빈도수보다 훨씬 적지만 하나의 기적 같은 일은 몇 십 가지 나쁜 일을 상쇄한다. 그 좋은 일이 나의 한 사람이라면 더 할 나위가 없다. 친구는 한 명으로 턱없이 부족했지만 나의 한 사람이 생긴 후로는 단 한 사람만 있어도 살아 볼 만한 세상이라는 생각이 든다.

　　우리는 특별하지도, 오래되지도 않은 연인이지만 사랑의 시작이 씨앗이라고 했을 때 우리의 시작은 묘목이 아닐까 싶다. 그만큼 시작이 어렵지 않았고 빠른 시간 내에 튼튼한 나무를 상상하며 안정적인 연애를 하고 있다. 이제 가을을 지나 겨울이 오면 흙이 마르거나 잎사귀의 색깔이 변하거나 하는 일들이 생길 수도 있다. 하지만 나는 걱정이 없다. 규르라는 울타리 안에서는 언제나 어려운 일도 쉽고 유쾌하게 지나간다. 그와 함께라면 걱정되던 겨울도 끄떡없을 것이다. 나의 한 사람, 나의 묘목 규르와의 여름이 지나가고 있다.

우와……한 어른 생활

초판 1쇄 발행 | 2023년 6월 1일

지은이 | 이현진
기획 | 밀리의 서재

발행인 | 김태진, 승영란
마케팅 | 함송이
경영지원 | 이보혜
디자인 | ALL design group
출력 | 블루엔
인쇄 | 다라니인쇄
제본 | 경문제책사

펴낸 곳 | 에디터유한회사
주소 | 서울특별시 마포구 만리재로 80 예담빌딩 6층
전화 | 02-753-2700, 2778
팩스 | 02-753-2779
출판등록 | 1991년 6월 18일 제1991-000074호

값 16,000원
ISBN 978-89-6744-255-2　03810